W9-CEU-356
DISCARD

Elogios para

El épico fracaso de Arturo Zamora

"Irresistiblemente exquisita".

—*Kirkus Reviews* (reseña destacada)

"Graciosa, hermosa y conmovedora".

—*Booklist* (reseña destacada)

"Una brillante primera novela que abarca temas de familia, amistad y comunidad".

—*Publishers Weekly* (reseña destacada)

"La sensacional novela debut de Pablo Cartaya es una carta de amor a la niñez, la poesía y la familia. Simplemente, este es el libro que he estado esperando".

—Matt de la Peña, autor ganador de la medalla Newbery por su obra *Last Stop on Market Street*

"Esta esperanzadora historia te hará reír, llorar, suspirar y regocijarte por el valiente Arturo y toda su familia 'cool'. Con cada página terminarás antojado de comida cubana, enamorado de la poesía y determinado a enfrentar a los *bullies* que intentan destruir comunidades. ¡Bravo!".

—Margarita Engle, autora ganadora de la medalla Newbery por su obra *The Surrender Tree*

"Arturo Zamora comprueba que las palabras tienen el poder de triunfar en las más grandes peleas. ¡*El épico fracaso de Arturo Zamora* es un éxito épico!".

—Christina Diaz Gonzalez, autora de la galardonada novela *The Red Umbrella*

PABLO CARTAYA

El ÉPICO FRACASO de arturo zamora

Pablo Cartaya siempre ha sido un romántico sin remedio. En la escuela secundaria amaba leer los sonetos de Shakespeare (¡no se lo digas a nadie!), y una vez usó todo el dinero que le daban sus padres cada semana para comprar rosas para la chica que le gustaba. También le escribió ocho poemas. No muy buenos. Pero desde entonces ha sido escritor. Pablo ha trabajado en restaurantes cubanos y también en la industria del entretenimiento, y obtuvo su MFA en la Vermont College of Fine Arts. Todas estas experiencias lo han ayudado a escribir historias que son un reflejo de su familia, su cultura y su amor por las palabras. Pablo vive en Miami con su esposa y sus dos hijos, rodeados de tías, tíos, primos y personas a quienes él llama primos (pero que realmente no lo son).

El ÉPICO FRACASO de arturo zamora

El épico fracaso de arturo zamora

PABLO CARTAYA

Traducción de María Laura Paz Abasolo

VINTAGE ESPAÑOL
Una división de Penguin Random House LLC
Nueva York

PRIMERA EDICIÓN VINTAGE ESPAÑOL, ENERO 2020

Copyright de la traducción © 2019 por Penguin Random House LLC

Todos los derechos reservados. Publicado en los Estados Unidos de América por Vintage Español, una división de Penguin Random House LLC, Nueva York, y distribuido en Canadá por Penguin Random House Canada Limited, Toronto. Originalmente publicado en inglés como *The Epic Fail of Arturo Zamora* por Viking, una división de Penguin Random House LLC, Nueva York, en 2017. Copyright © 2017 por Pablo Cartaya.

Vintage es una marca registrada y Vintage Español y su colofón son marcas de Penguin Random House LLC.

Esta novela es una obra de ficción. Los nombres, personajes, lugares e incidentes son producto de la imaginación del autor o se usan de forma ficticia. Cualquier parecido con personas, vivas o muertas, eventos o escenarios es puramente casual.

Información de catalogación disponible en la Biblioteca del Congreso de los Estados Unidos:
Names: Cartaya, Pablo, author. | Paz Abasolo, María Laura, translator.
Title: El épico fracaso de Arturo Zamora / Pablo Cartaya ; traducción de María Laura Paz Abasolo.
Description: New York : Vintage Español, una división de Penguin Random House LLC, 2020. |
Identifiers: LCCN 2019036551 (print) | LCCN 2019036552 (ebook)
Subjects: CYAC: Family life—Florida—Miami—Fiction. | Family-owned business enterprises—Fiction. | Neighborhoods—Fiction. | Poetry—Fiction. | Cuban Americans—Fiction. | Miami (Fla.) —Fiction. | Spanish language materials.
Classification: LCC PZ73 .C371644 2020 (print) | LCC PZ73 (ebook) | DDC [Fic] —dc23
LC record available at https://lccn.loc.gov/2019036551
LC ebook record available at https://lccn.loc.gov/2019036552

Vintage Español ISBN en tapa blanda: 978-1-9848-9968-2
eBook ISBN: 978-1-9848-9969-9

Para venta exclusiva en EE.UU., Canadá, Puerto Rico y Filipinas.

www.vintageespanol.com

Impreso en los Estados Unidos de América
10 9 8 7 6 5 4 3 2 1

R0457132145

A mis abuelos.
Esta es una carta de amor para ustedes.

El amor es como el sol porque
incendia y derrite todo.

—José Martí

THOUGHTS: ON LIBERTY, SOCIAL JUSTICE,
GOVERNMENT, ART, AND MORALITY
(traducción de Carlos Ripoll)

Nota mental

Renuncio oficialmente al amor. Eso es lo que consiguen encerrando a un niño en una celda. Para que conste: no soy culpable. Bueno, la intención no era que esto me estallara en la cara. Se suponía que esa sería la mejor noche de mi vida. Iba a salvar el restaurante. Iba a salvar el pueblo. Me iba a quedar con la chica. Mi abuela estaría orgullosa. Me imaginé a lomos de un caballo de pelo dorado, cabalgando hacia la luz veraniega del atardecer, aplastando cualquier mosquito que intentara picar mi magnificencia. En cambio, estoy encerrado en un cuarto que huele a chorizo y palomitas viejas, mientras mi archienemigo sigue lavándole el cerebro a la comunidad con reguetón y bloqueador solar gratis.

Sentado en un sillón de vinilo rasgado, alcanzo a ver el

restaurante de mi abuela a través de una ventanita y espero mi sentencia. Lo único que aprendí de toda esta loca serie de acontecimientos es que no importa cuánto nos guste creer que David venció a Goliat; la realidad es que el gigante siempre gana. Aun si se trata de un desarrollador inmobiliario de cinco pies y tres pulgadas, ostentosamente vestido y con el cabello estupendamente engominado. La piedra que le lancé con mi pequeña honda ni siquiera le rozó la frente. También aprendí que el amor es un pretzel gigantesco. Retorcido. Salado. Que te deja seco y sediento.

Estas páginas contienen cada detalle... bueno, casi todos los detalles. No incluyo cosas como que me lavé los dientes sin pasarme hilo dental, o que comí un sándwich, o que había mucha humedad en el parque ese día y me puse una camiseta sin mangas, etc. Pero los detalles importantes de mi épico fracaso sí están completos. Todo de todo.

Así que, permíteme empezar a contar esto que se resume en puro desastre desde el principio: hace tres domingos, cuando estábamos en nuestra cena familiar de la semana en el restaurante de la abuela, La Cocina de la Isla.

1

cuando se te fríe el estómago

A LO LARGO de toda mi vida, La Cocina de la Isla estuvo cerrada los domingos. Durante años, los clientes le han rogado a la abuela que abriera el restaurante, pero nunca lo ha hecho. Insiste en que los domingos son de los Zamora y punto final. Fin de la discusión.

Desde que dejó a mi mamá, su hija mayor, a cargo de la cocina, la abuela se sentó cómoda en uno de los sofás del salón, sonriendo y observando la escena entera. Parecía no molestarle el caos de tanta gente yendo y viniendo, todos hablando al mismo tiempo. Era más feliz que nunca cuando todo el clan Zamora se apretujaba en La Cocina.

Mis primas Yolanda y Mari se contaban chismes de la escuela en el patio de afuera. Martín y Brian miraban televisión sentados en la barra, cerca de la cocina, y pasaban de

MMA a básquetbol, hockey, béisbol, sin dejar ningún canal más de tres minutos.

Benny y Brad, mis primos más chicos, correteaban alrededor de las mesas jugando a ser superhéroes, hasta que mi tío los regañó por tirar una silla. Unos cuantos primos lejanos, dos de los mejores amigos de mi papá de la escuela, y unos primos a quienes llamaba primos (pero en realidad no lo eran) estaban sentados en distintas mesas, esperando que se sirviera la comida.

Mi papá sacó las urnas que contenían a mi abuelo, a mi tío abuelo *y*, sí, a mi bisabuelo, y las alineó con mucho cuidado sobre la pequeña barra de servicio, junto a la mesa que luego ocuparíamos para comer. Sí, incluso los muertos nos acompañaban "en espíritu". La familia entera estaba ahí, y todos de muy buen humor.

Yo estaba emocionado por muchas razones. Era el domingo antes de que empezara oficialmente el verano, lo que implicaba estar con mis amigos, colgarme de los banianos, buscar manatís en los canales por todo Canal Grove, comer churros (porque, seamos honestos, esos palitos fritos cubiertos de azúcar son deliciosos), escuchar música y saltar en el inflable de Bren. Sí, sé que tengo trece años, pero hay algo en ese inflable que me encanta.

Tenía toda una semana para estar con mis mejores amigos, Mop y Bren, antes de que los dos se fueran de la ciudad, y aun cuando iba a tener que trabajar en el restaurante algunos días a la semana, parecía que el verano empezaba bien.

Mop y Bren eran miembros honorarios de la familia Zamora y casi siempre asistían a la cena de los domingos. Llegaron un poco tarde hoy; entraron por la puerta del patio. Bren caminó hacia mí con los brazos extendidos para darme un abrazo.

—¡Hermano!

Lo abracé sin mucha fuerza y lo miré fijamente. Seguro que le tomó horas inventarse el atuendo que traía. Quizá por eso llegaron tarde.

—¿Qué traes puesto, Bren? —pregunté.

—Ya sé —dijo Mop, sacudiendo la cabeza—. Y se lo dije. Creo que se vistió para impresionar a Vanessa.

Bren ha estado enamorado de mi prima Vanessa desde que tengo memoria. Ella a duras penas sabe que existe.

—¿Qué? —dijo Bren, jalando el cuello de su camisa, que se abría en una vergonzosa y profunda V—. ¿Demasiado formal?

—Hermano, traes lentes de sol.

—¿Y?

—Estamos adentro.

—Es para no ver tanto destello, amigo. Este 305 puede ponerse muy brillante.

—Deja de hablar como Pitbull. ¡*No* eres Pitbull! —gritó Mop, dándose una palmada en la frente.

El año pasado, Bren quiso raparse la cabeza como Pitbull, pero solo alcanzó a raparse un lado porque su mamá lo descubrió antes de que terminara. El cabello le tardó seis meses en crecer.

—Quítate los lentes, aunque sea —dije—. A la abuela no le gusta.

Bren asintió y se bajó los lentes hasta el borde de la nariz, queriendo parecerse a Pitbull.

—Dale.

Mop y yo sacudimos la cabeza y esperamos a que Bren

guardara los lentes en el bolsillo de su saco antes de entrar al restaurante y saludar a la familia.

Cuando llegamos, noté que alguien estaba en la entrada tocando la puerta discretamente. A través de la doble puerta de cristal vi a una niña alta, de ojos miel y cabello castaño rojizo, con la boca llena de pequeños *brackets* de colores.

—¡Oigan, ya llegaron! —anunció Vanessa, y fue a abrir la puerta—. Como encargada oficial de las presentaciones en esta cena familiar en La Cocina de la Isla, ¡quiero darle la bienvenida a la familia Sánchez! Carmen, tú y yo teníamos como seis la última vez que vinieron a Miami, ¿no?

—Creo que sí —dijo Carmen, parada en la puerta y mirando alrededor. Hablaba con un acento chistoso, como yo cuando intento decir algo en español.

Mi mamá se acercó a Carmen.

—¿Cómo estuvo tu vuelo, mi amor?

—Bien, madrina, gracias.

Mi mamá se acercó entonces al papá de Carmen, el tío Frank, que no es realmente mi tío, pero lo llamamos así porque su esposa era la mejor amiga de mi mamá. Le dio un beso en cada mejilla y lo tomó de ambas manos.

—¿Estás bien?

El tío Frank dibujó un intento de sonrisa triste que me recordó por qué estaban aquí.

—Tengo días buenos y días malos —repuso—. Cari, no sabes cómo te agradezco que nos dejes pasar el verano aquí.

—Cristina era mi mejor amiga, Frank. Ustedes son familia.

Mi mamá me vio de pie cerca de los sofás y parecía molesta porque no me hubiera acercado a saludar.

—Arturo, saluda a tu familia.

La última vez que vi a Carmen éramos muy chicos. Mis papás los fueron a visitar hace como seis meses para el funeral de la mamá de Carmen, pero yo estaba en la escuela, así que no pude ir.

—¡Arturito! —dijo el tío Frank—. Cómo ha crecido, Cari. —Mi mamá se llama Caridad, pero todos le dicen Cari.

Lo miré y sonreí.

—Gracias. Creo que sí crecí un poquito.

—¿Te acuerdas de Carmen? —Mi mamá la hizo acercarse a mí.

No era la misma niña flaca y veloz como una chita mutante con quien yo jugaba hace años. Carmen había cambiado. Seguía siendo alta, pero esos *brackets* de colores la hacían parecer más madura. Su cabello era muy largo y rizado. Tenía un libro en la mano y le pasaba el pulgar por el lomo mientras me miraba tímidamente. Luego, sin ninguna advertencia, me tomó por los hombros y me dio dos besos, uno en cada mejilla. Sentí que el estómago me ardía, como si tuviera aceite hirviendo y empezara a burbujear. Fue… raro.

—Hola, Arturo —dijo Carmen.

Por un segundo consideré irme corriendo a la cocina para intentar descubrir por qué estaba perdiendo el control delante de la ahijada de mi mamá. Me tenía que calmar porque Carmen iba a quedarse en nuestro complejo de departamentos todo el verano, y tal vez hasta más. Y era prácticamente mi prima. No estaba bien sentirme así. No sabía qué hacer. Y si no hubiera sido por la tía Tuti, es posible que me hubiera quedado atrapado en un vórtice formado por mi propia confusión y desamparo.

—Hola, Frank. Lo siento mucho.

La tía Tuti lo abrazó y le dio dos besos. Abrazó después a Carmen y acarició su cabello.

—Ay, está tan bonita, Frank. Que Dios la bendiga.

—Gracias, Tuti.

—Cari, ¿ya les contaste?

—Acaban de llegar, Tuti. ¿Cómo crees?

—Ay, no seas pesada. Yo que intento hacerte un cumplido.

—Gracias, Tuti —dijo mi mamá, subiendo los ojos.

—Bueno, pues, ¡vamos a expandir el restaurante!

—Todavía no es seguro, Tuti.

—Lo van a aprobar, Cari. No hay forma de que la ciudad rechace un negocio tan bueno como este.

—Fantástico —dijo el tío Frank.

Mi mamá sonrió.

—La ciudad pidió propuestas para el terreno vacío aquí junto…

La tía Tuti intervino antes de que mi mamá pudiera terminar.

—¡Y mi hermana tuvo la brillante idea de hacer una oferta para expandir La Cocina!

—¡Magnífico! —comentó el tío Frank.

—¿Verdad? Este lugar a duras penas es lo suficientemente grande para la familia. Imagina cuánta gente más podemos alimentar con un espacio más amplio. Es el momento perfecto porque el contrato de arrendamiento termina a fin de mes. —Mi tía Tuti se detuvo un segundo para inhalar antes de empezar otra vez. Parecía un avestruz cuando movía su cuello largo y sacaba su trasero redondo y grande—. Oye, Frank, ¿no te gustaría ayudar en la fase de construcción?

El tío Frank tenía una empresa ecológica de construcción en España, y ya había construido un montón de edificios en Madrid.

—Tuti, Frank lleva cinco minutos aquí. No lo pongas a trabajar.

—Intento que se sienta bienvenido, Cari. Ha pasado por mucho.

La tía Tuti sacó una servilleta y se secó los ojos.

—Tuti —empezó mi mamá—, por favor, no te pongas histérica.

Decirle a mi tía Tuti que no se ponga histérica es el equivalente a decirle: "Por favor, quiero que te dé un ataque en este momento".

—¡Cari! ¡No es momento de estar calmados! ¡Perdió a su mujer!

La tía Tuti se fue sollozando al patio, donde se encontró con Mari y Yolanda.

Mi mamá sacudió la cabeza, frustrada, y se dio la vuelta para dirigirse a toda la familia.

—Oigan, comemos en diez minutos —dijo, y luego llevó al tío Frank y a Carmen con la abuela antes de desaparecer en el interior de la cocina. Todos empujaron lentamente las mesas más pequeñas para formar una mesa larga del tamaño del restaurante. Algunos se quejaron porque sabían que al terminar la cena iban a tener que limpiar el restaurante para dar servicio al día siguiente.

Mi mamá necesitaba ayuda para llevar la comida a las mesas, así que me pidió que fuera al patio para llamar a

Mari, Yolanda y la tía Tuti. Las encontré quejándose a un mismo tiempo de la humedad del exterior y del aire acondicionado tan frío en el interior. En serio que no entiendo a las mujeres de mi familia.

Cuando me di la vuelta para volver al restaurante, casi me estampo contra Carmen, que apareció de la nada.

—¡Ay! —dije, con una mano en el pecho—. Me asustaste.

—Lo siento —dijo sonriendo—. Así que, ¿la idea es expandir el restaurante hacia allá? —Carmen señaló más allá de nuestro pequeño patio. El terreno se veía desde donde estábamos, pasando las cinco mesitas y el toldo verde.

—¿Cómo? Ah, sí. Todo ese espacio —dije, haciendo un gesto con la mano.

Carmen se acercó al borde del patio y miró hacia el terreno. Yo la seguí y lo observé casi en total oscuridad, iluminado solo por un poste de luz en la otra esquina.

—Oye —dijo Carmen, interrumpiendo el silencio—, ¿te acuerdas cuando nos fueron a visitar a Marbella un verano?

—Sí —contesté—. ¿Cuántos años teníamos? ¿Como ocho?

—Sí. Recuerdo que me tiraste arena y luego te echaste a correr, pero yo te perseguí por toda la playa.

—Y me atrapaste. Me tenías contra el suelo y me echaste arena húmeda en la espalda para que se resbalara hasta mi trasero al pararme. —Dios. ¿Por qué dije eso?

Carmen se rio.

—¡Te veías tan chistoso tratando de lavarte el trasero en el agua!

—¡El agua estaba helada!

—Ay, no exageres —dijo—. No estaba tan fría.

—El agua de mar en el sur de España es *mucho* más fría que en Miami.

Carmen rio de nuevo.

—Tú nunca me atrapaste —dijo.

—Es porque eras una especie de mutante mitad chita.

Dejé de hablar cuando vi una figura cruzar la calle. No creo que Carmen la haya visto porque estaba señalando hacia los otros edificios pequeños que formaban el vecindario.

—Es tan lindo que todos los edificios sean del mismo tamaño —dijo.

—¿Ves eso? —pregunté.

Carmen siguió la dirección de mi mirada.

—Sí —dijo—. Parece que una persona está sacando algo de una mochila. ¿Qué es?

—No sé.

De la misteriosa figura salieron dos flashes de luz.

—Están tomando fotografías.

—¡Ey! ¡Oye, tú! —Carmen gritó.

La persona levantó la vista de la cámara y se nos quedó mirando. Yo no podía ver su rostro porque lo cubría un sombrero grande. La persona guardó la cámara y cruzó la calle, desapareciendo en la oscuridad.

—Eso fue raro —dijo Carmen.

—Ajá. —Estuve de acuerdo. Me preguntaba quién tomaría fotos a esa hora de la noche, pero mi mamá ya nos llamaba a comer y entramos al restaurante.

Todos corrieron a buscar una silla, como si se fueran a quedar sin lugar o algo. Se empujaban y jalaban, y se quejaban de que no había suficiente espacio. Pero todos nos calmamos una vez que la abuela se puso de pie junto a su silla acojinada en la cabecera de la mesa. Yo me quedé a su lado porque ese siempre era mi lugar. No estoy seguro de que a las abuelas se les permita tener nietos favoritos, pero les puedo decir esto: *mi* abuela siempre quería que me sentara junto a ella.

Indicó que todos guardaran silencio. Nos tomamos de las manos y, cuando la abuela inclinó la cabeza, todos hicimos lo mismo. Mientras rezaba en silencio, nosotros seguíamos callados. Admito que miré de reojo a mi izquierda para ver qué estaba haciendo Carmen; la podía ver claramente porque Vanessa había agachado la cabeza también. Carmen estaba sumida en sus oraciones, murmurando para sí.

Cuando la abuela levantó la cabeza en señal de que había terminado de rezar, me sorprendió mirando a Carmen. Su rostro se iluminó cuando vio que Carmen abría los ojos y me miraba también. Mis ojos fueron y vinieron de la abuela a Carmen un par de veces, y en un segundo se me encendió el rostro y me costaba trabajo respirar. Por fortuna, la gente comenzó a enderezarse, esperando instrucciones de la abuela. Ella sonrió y se persignó. Todos hicieron lo mismo, incluso Mop, y él es judío.

Una vez que terminamos de rezar, nadie esperó a que le sirvieran. Los codos volaban de un lado a otro mientras la gente se servía cucharadas de arroz pastoso y frijoles negros, con aguacates de nuestro propio árbol del patio. Llenaban sus platos con fricasé de pollo de los escalfadores y fuentes como si fuera su última cena en la vida.

Mi mamá le llevó su sopa a la abuela, con todos los pedazos molidos.

—¿La ayudo, mami?

La abuela declinó la ayuda de mi mamá y le indicó que dejara el tazón. Noté que Mop quería servirse congrí, pero nunca lograba asir el cucharón. La gente lo agarraba una vez tras otra.

Su nombre es Benjamin, pero lo apodamos Mop, o mopa, porque era muy flaco y tenía el cabello todo enmarañado. Una vez quisimos ver quién podía pararse de cabeza por más tiempo y, cuando llegó el turno de Mop, Bren dijo que parecía una mopa limpiando el piso. Todos nos reímos y Mop decidió que desde ese momento se llamaría Mop porque "¡limpiaría al mundo de todas sus inequidades!". Mop siempre habla así. Definitivamente es mi amigo más listo.

Cuando terminó la cena, recogimos todo y dejamos listo el restaurante para el día siguiente. Nadie se quejó mientras la abuela miraba. Mi familia discute mucho, pero la abuela siempre tiene una manera de hacer que todos se pongan de acuerdo. Llegaron los papás de Mop y de Bren a recogerlos y el resto de la familia se fue en distintos momentos. Yo me quedé con mis papás, el tío Frank y Carmen hasta cerrar.

Tomaba alrededor de diez minutos caminar del restaurante a nuestro departamento. Carmen iba a mi lado y mis padres y el tío Frank delante.

—Debe de ser genial vivir en el mismo edificio que toda tu familia —dijo Carmen—. Siempre tienes a alguien con quien hablar.

Mi familia no solo trabajaba toda junta en La Cocina; también vivíamos todos en el mismo complejo de departamentos. Había un Zamora en cada unidad, y este verano Carmen y el tío Frank también estarían ahí.

—Supongo que sí —dije—. Me gusta que la abuela viva

abajo de nosotros, pero no me gusta tanto que Martín y Brian invadan mi espacio todo el tiempo.

—Yo me siento un poco sola en casa. Por eso me encantaba cuando ustedes venían de visita —dijo Carmen—. ¿Te acuerdas cuando quisimos ser un gigante de ocho pies y nos pusimos el abrigo largo de mi mamá? Te sentaste en mis hombros y tratamos de caminar así. —Carmen hablaba como si tuviera las palabras en la punta de la lengua todo el tiempo.

—Estoy seguro de que tú te sentaste en *mis* hombros —dije, recordando la casa de sus padres en Madrid el mismo verano que habíamos ido a la playa.

—No me pudiste cargar, ¿recuerdas? Nos caíamos a cada rato.

—Ah, sí —dije. Qué vergüenza.

—Y luego te subiste en mis hombros, pero no viste la puerta y te pegaste en la cabeza, ¡así que los dos nos caímos! —dijo Carmen, riendo.

—Cierto —dije, deseando que no tuviera tan buena memoria. Tiramos un florero. Recuerdo que la mamá de Carmen entró al cuarto y se rio al vernos enredados en el abrigo, empapados y cubiertos de floribundas frescas. Después entró mi mamá y se veía molesta, pero la mamá de Carmen le pasó un brazo por los hombros y sonrió.

—Fue un viaje divertido —dije—. ¿Y solo van a estar en Miami este verano?

—Sí. Mi madrina dijo que sería bueno estar con la familia.

—Sí… Lo siento, ya sabes, por lo de tu mamá.

—Un día a la vez —dijo, y me ofreció una pequeña sonrisa.

—Eso es lo que dice la abuela. —Cada vez que me frustro o estoy impaciente por algo, la abuela me recuerda que lo tome un día a la vez.

—Es bueno verte de nuevo, Arturo —dijo Carmen, y se fue detrás del tío Frank hasta su departamento.

—Igualmente —dije.

Cuando llegué a mi habitación traté de comprender todo lo que había pasado esa noche. Carmen = "la ahijada/ sobrina de mi mamá" no me cuadraba con Arturo + Carmen = "fritura repentina de intestinos cada vez que le hablo".

2

muerte por monstruos de jabón

AL DÍA SIGUIENTE desperté con mi alarma de Hulk gritando "¡Hulk aplasta!" en mi oído. Lo primero que me vino a la mente —justo después de "esta cosa suena demasiado fuerte"— fue la cena de la noche anterior. ¿Por qué actuaba tan raro cuando Carmen estaba cerca? Probablemente no era nada. Solo estaba emocionado por ver a una vieja amiga o algo así.

De cualquier manera, me entusiasmaba la idea de empezar a trabajar en el restaurante. El dinero que juntaba en el verano siempre era suficiente para ver muchas películas los fines de semana, comprar un nuevo balón de básquetbol, al menos un par de tenis nuevos y el equivalente a todo un año de viajes semanales a la heladería

Two Scoops, convenientemente localizada a la vuelta de la esquina de La Cocina de la Isla.

Mis papás ya se habían ido a comprar las verduras para el menú del día. Me dejaron un poco de tortilla española en un molde para tartas sobre la barra. La tortilla española es un gran desayuno. Es perfecta a cualquier temperatura y el huevo, la cebolla y la papa te llenan con una sola porción. Me metí el pedazo completo en la boca, tomé mis llaves y empecé a caminar hacia el restaurante.

El verano anterior demostré ser un buen operador telefónico como segundo asistente junior para las reservaciones. El trabajo era genial porque me pasaba todo el día al teléfono y podía quedarme sentado en una cómoda silla de oficina. Más de una vez me dijeron que tenía una voz muy agradable.

Doblé la esquina de nuestro complejo de departamentos y caminé algunas cuadras hacia la zona principal de Canal Grove, donde están todos los restaurantes y las tiendas. Y ahí apareció nuestro colorido letrero. La "o" de Cocina era de un tono naranja claro, mientras que las demás letras estaban delineadas en verde y negro, y atrás se apreciaba la forma de una isla. Dos jirafas multicolores recibían a los clientes en la entrada del restaurante, formando un arco sobre la doble puerta francesa. La jirafa era el animal favorito de la abuela. A mí me gustaban porque eran altas y flacas, y tenían ojos grandes que siempre parecían felices. Como la abuela.

Yolanda ya estaba adentro acomodando sillas, y Mari enrollaba tenedores, cuchillos y cucharas dentro de servilletas. El color definía La Cocina de la Isla. Cada tono brillante que pudieras imaginar cubría hasta el último rincón del interior. Verde. Naranja. Amarillo. Turquesa. La Cocina era alegre. Así había sido desde que la abuela abriera el restaurante diecinueve años atrás.

Mi papá había mandado a pintar las paredes hace poco, y aunque ya se había perdido un poco el color la pintura seguía viéndose vibrante y nueva. En la parte de atrás había un pequeño patio con columnas de piedra y un pequeño escenario de color coral que parecía antiguo. Ahí se celebraban bodas, cumpleaños, fiestas de compromiso, aniversarios y cualquier tipo de fiesta que se te pueda ocurrir.

El pasillo que llevaba a la cocina estaba tapizado de fotos enmarcadas. Había una de la abuela cuando era joven, sentada en una de las mesas con un senador y su esposa, y otra foto de la abuela sentada con la famosa cantante Celia Cruz. En otro retrato la abrazaban Gloria y Emilio Estefan. Se había tomado docenas de fotos con actores de telenovela, conductores locales y escritores que habían pasado por la ciudad.

Una de mis fotos favoritas era de la abuela y mi mamá sonriendo, cuando la abuela le entregó un cucharón para nombrarla simbólicamente chef principal. En otra foto mi mamá aceptaba su primer premio importante de cocina, en la competencia de chefs novatos de la cadena Food Is Life. Justo al lado había una foto de mi primer equipo de básquetbol, los Islanders. La abuela les compró uniformes a todos los jugadores del equipo. Lo había hecho con todos mis equipos deportivos desde que cumplí cinco años.

Había una foto de Vanessa aceptando el premio al mejor ciudadano de la comunidad; la persona más joven en ganarlo. Mari y Yolanda arregladas para su baile de graduación después de decidir que irían juntas. Una foto grande de la boda de mis papás. Otra de la tía Tuti, mi mamá y el tío Carlos, de niños, con los abuelos en la playa. También había un retrato mío con todos mis primos, amontonados alrededor de la abuela cuando éramos muy chicos. Vanessa y yo estábamos acurrucados en sus brazos.

Todo en La Cocina tiene que ver con la familia. Creo que por eso el restaurante les encantaba a tantas personas. Cuando llegaban, también se sentían como en familia. Así lo quería la abuela.

Me acerqué a la oficina y esperé que mi mamá colgara el teléfono para saber qué trabajo me tocaba. Cuando terminó de hablar se fue hacia el perchero y descolgó su bata de chef de un gancho.

—¿Qué tengo que hacer, mamá? —pregunté, emocionado de que me fuera a nombrar ayudante de cocina o algo.

—Vas a ser lavaplatos junior a la hora de la comida.

Se me fue el aliento.

—¿Qué? —fue todo lo que pude decir.

—¿No dijiste que querías trabajar en la cocina este año? —preguntó.

—Pues sí, pero pensaba en otra cosa. Ya sabes, como aprendiz de cocinero o algo.

—Ser lavaplatos es probablemente el trabajo más importante en la cocina, Arturo. Si no hay platos limpios, no podemos servirles a los clientes.

¿Lavaplatos junior a la hora de la comida? Era el peor trabajo del mundo. No estaba contento, pero no dije nada. Mi madre era el tipo de chef y jefa que no aceptaba quejas. Sus cocineros se sentían respetuosamente aterrorizados por ella. Como lavaplatos, estaba en la parte más baja de

la jerarquía de la cocina, así que debía seguir las reglas y no meter la pata. Además, solo tenía que trabajar tres turnos de lavaplatos a la semana. ¿Qué era lo peor que podía pasar?

En cuanto entré a la cocina, Martín me lanzó un delantal.

—¡Llegaste tarde!

Miré el reloj. Era un minuto después de las nueve. Martín siguió la dirección de mi mirada y señaló el reloj.

—Ese reloj no es tu amigo. Yo. No soy tu amigo. Yo. Soy tu jefe. Tú. Tienes que estar aquí a las nueve en punto. Más vale que te vea en esta cocina a las ocho y cincuenta y cinco. ¡Por lo menos! Cinco minutos antes de tu turno. No un minuto después de tu hora de entrada. ¿Comprendes? ¡Comprendes!

Martín olía a croquetas fritas y a una gran dosis de desodorante Mira Bro. Volteé la cara hacia otro lado.

—Aurelio está enfermo, así que has sido promovido de lavaplatos junior a lavaplatos asistente de cocina. ¿Puedes con eso?

Asentí y me puse el delantal. Prácticamente vivía en el restaurante de la familia, pero estar ahí en ese momento, en ese papel, se sentía distinto. Mi mamá era la chef, pero nadie me daba un trato especial. Mucho menos Martín.

—¿Qué estás buscando? Nadie te va a proteger aquí. Allá afuera serás el favorito, ¡pero en esta cocina me perteneces!

¡Ahora podía leer la mente!

Me empujó hacia la máquina lavavajillas en el rincón. Tenía más manijas, botones y medidores que el centro de control de la NASA. Parecía que podía transformarse en un inmenso robot de seis pies en cualquier momento. Creo que jamás le había puesto atención al lavavajillas. Es gracioso cómo puedes conocer un lugar tan bien y aun así descubrir algo completamente nuevo y un poco aterrador en él.

—Esto. Es El Monstruo. Si lo molestas. Te va a comer. Jala esta palanca. Presiona este botón. Espera a que termine el ciclo. La rejilla escupe. Se drena el agua sucia. Más agua azul llena la bandeja. Desliza otra rejilla hacia el jabón azul. Seca la rejilla que sale. Ponla en este carrito. Cuando el carrito esté lleno, empújalo y dáselo al ayudante de meseros. Él distribuye todo en el restaurante. Vuelves a empezar. ¿Crees que puedes encargarte de esto, churroso?

"Churroso" quiere decir "sucio". Como si él pudiera hablar. Martín parecía Jabba the Hutt con bata de chef. Presionó un botón y El Monstruo cobró vida, vibrando y silbando molesto, como si lo hubieran despertado de una buena siesta.

Deslicé la primera rejilla con sartenes y ollas grasientas sobre la mesa, y el lavavajillas soltó silbidos de vapor mientras la rejilla bajaba hacia el agua azul. Los platos seguían apilándose, y en cuestión de minutos se salió de control la cantidad de rejillas con vasos. Inspeccioné el asqueroso desastre en que se había convertido mi estación de trabajo. Después de lavar cinco o seis platos, el agua azul parecía más un zombi formado con pedacitos de comida, preparándose para levantarse y estrangularme en un húmedo abrazo de grasa vieja, huevo frito masticado y tomate criollo. Había agua sucia hasta en mi cara.

Martín regresó, cargando una torre de sartenes sucias. Para cuando me giré ya volaban por el aire.

—¡Uno! ¡Dos! ¡Tres! ¡Cuatro! ¡Cinco! —dijo Martín,

lanzando cada uno como un Frisbee. No tuve tiempo de reaccionar, así que cada sartén entró como un torpedo en el agua azul, y como una detonación en las profundidades tardó un momento en empaparme la cara.

Intenté proteger mi camiseta de Miami Heat cubriéndome con los brazos, pero no sirvió de nada. El delantal no me cubría en absoluto. Estaba todo mojado.

—¡Ay, pobrecito! —soltó Martín—. ¿El churroso se arruinó su playerita de básquetbol? ¡Eso te pasa por trabajar tan lento!

Miré el reloj. No iba a permitir que El Monstruo me venciera. Me enfoqué en las rejillas que seguían llegando. Las pasaba por el agua azul recién cambiada y las metía en la máquina. Jalé la palanca y presioné el botón. Sequé la primera, luego la segunda y así. Pronto se llenó el carrito.

Martín me miró por encima del hombro y refunfuñó, señalando una minúscula mancha en uno de los platos.

—¿Crees que nuestros clientes quieren comer mugre con su puré de plátano, churroso?

Negué con la cabeza sintiéndome frustrado, pero al mismo tiempo decidido a no permitir que Jabba el Chef me hiciera enojar.

—Limpia este otra vez.

Me puso el plato contra el pecho y me hizo lavarlo a mano frente a él. Esperó cruzado de brazos mientras yo intentaba quitar la manchita del plato.

—Más —dijo—. Quiero ver mi reflejo.

Podía escucharlo respirar con fuerza y me estaban dando náuseas por el olor a comida mezclado con un olor en verdad potente a desodorante. Finalmente logré quitar la manchita y le entregué el plato. Lo inspeccionó y se fue hacia su estación para seguir preparando la comida.

—Sigue trabajando —dijo, y murmuró algo sobre mí que no alcance a oír.

Las demás rejillas siguieron apilándose. ¡El restaurante ni siquiera había abierto todavía y yo ya tenía que lavar más de veinte rejillas! Más tarde me enteré de que las ollas y sartenes pasan por el vapor en El Monstruo y luego se limpian con aceite de oliva antes de abrir el restaurante porque el hierro es denso y tarda mucho en calentarse. El vapor adelanta un poco el trabajo y luego el calor de la estufa hace el resto. Los platos y los vasos también pasan por vapor para quitarles cualquier mancha o residuo de la noche anterior. Aurelio, el lavaplatos de siempre, lo hace cada mañana, pero hoy me tocaba hacer su trabajo, y era brutal. Para cuando terminé con los platos de la preparación de la mañana, prácticamente ya me había ahogado en burbujas de jabón.

Colgué mi delantal y me asomé al comedor, donde vi que ya había llegado la abuela. El restaurante acababa de abrir, pero los clientes ya la saludaban, muriéndose por conversar un rato con su vieja amiga.

Se sentó en la mesa de un grupo de mujeres. Aun cuando ya era mayor, casi nunca andaba encorvada. La abuela siempre se vestía como si fuera a ir a una fiesta elegante. Se ponía muchas joyas —siempre llevaba su collar de plata brillante con una cruz y un pendiente ovalado— o bufandas de seda con muchos colores. Una vez le compré una bufanda con jirafas para su cumpleaños. Dijo que era su favorita entre todas las que tenía.

Las clientas aceptaron sus amigables besos. Admiró el collar de una de las mujeres en la mesa, tomándolo entre sus manos. La señora se llamaba Martha y tenía una joyería algunos locales más adelante de La Cocina. Era una clienta habitual a la hora del almuerzo. La abuela se levantó y tocó amorosamente el hombro de Martha antes de ir hacia otra mesa.

La abuela se dirigió con pequeños pasos hacia un grupo que tenía una comida de negocios, e inmediatamente interrumpieron la conversación seria para hablar con ella. Uno de los hombres se levantó de su silla y se la ofreció a la abuela, y una mujer vestida de traje le hizo lugar, emocionada. Eran un grupo de abogados de Cohen, Carr & Crespo, una firma localizada en el otro extremo de la calle principal. Todos los lunes, sin falta, caminaban bajo la lluvia, el calor o la humedad hasta La Cocina para comer y planear su semana.

La abuela nunca se quedaba en una mesa demasiado tiempo. A veces se llevaba algún plato vacío o rellenaba los vasos de agua. Teníamos veinte mesas en el restaurante y siempre estaba lleno. Casi no había espacio para moverse entre las mesas cuando estaba hasta el tope, pero la abuela siempre lograba llegar a todas.

La tía Tuti fue corriendo hacia ella para ayudarla, pero la abuela rechazó amablemente a su hija más joven. Murmurando entre dientes, la tía Tuti sacudió la cabeza, nerviosa, mientras regresaba hacia el podio de la recepción para acomodar a otra persona.

A mi espalda se abrieron las puertas de la cocina y salió mi mamá. Llevaba su uniforme de siempre: una bata de chef naranja brillante que decía *Cari* en letras cursivas y elaboradas en la parte de arriba, a la izquierda. Llevaba puesta una gorra de béisbol de La Cocina y cargaba un periódico bajo el brazo.

—¿Qué tal estuvo tu primer día? —me preguntó, deteniéndose frente a mí.

—Bien. Solo que casi me come el lavavajillas.

Se rio, y estaba a punto de entrar a la oficina cuando vio a la abuela.

—¿Cuándo llegó la abuela?

—Ya estaba aquí cuando terminé mi turno.

Mi mamá se acercó a la tía Tuti en la entrada. La tía empezó a manotear mientras mi mamá negaba con la cabeza y veía a la abuela conversar felizmente con una pareja. Los reconocí porque habían celebrado su fiesta de compromiso en La Cocina un par de meses antes. Se llamaban Annabelle y George.

Mi mamá se acercó a la mesa de la pareja y los saludó. Luego se dio la vuelta y empezó a alejarse, mientras sonreía incómoda e intentaba que mi abuela la siguiera. Noté cómo las personas reaccionaban diferente cuando veían a mi mamá en el comedor. Murmuraban y se miraban unos a otros como hacen las personas cuando ven a una celebridad. Supongo que participar en un programa de televisión famoso te vuelve muy popular.

La abuela sostuvo las manos de Annabelle y George al despedirse. Siguió a mi mamá hacia la cocina, pero insistió en hablar con todos en el camino. Cuando se acercaban a la cocina, el rostro de la abuela se iluminó al verme. Me dirigí a ella para darle un abrazo. Aun cuando ya era más alto que la abuela, todavía me hacía sentir tan pequeño como cuando me leía historias de niño.

Mi favorita era *El Ratoncito Pérez*, sobre un ratón que se caía en una olla de sopa. La abuela hacía las voces, y al final de esa y todas las historias decía: "¡Y colorín, colorado, este cuento se ha acabado!". Hoy en día casi siempre soy yo el que le lee a ella.

Mi mamá esperó impaciente a la abuela. Parecía que la abuela disfrutaba la incomodidad de mi mamá porque seguía presentándole a los comensales. Mi mamá y la abuela se querían mucho, pero siempre había esta clase de fricción entre ellas porque eran muy distintas. Cuando estaban juntas, como ahora, las diferencias eran bastante obvias: parecían polos completamente opuestos. La abuela era alta y delgada, y mi mamá era mucho más baja, con manos fuertes y una constitución pesada.

Miré hacia el comedor, que estaba totalmente lleno. La tía Tuti hablaba con la gente mientras esperaban poder sentarse. Mari y Yolanda atendían las mesas mientras otros amigos y familiares recogían cosas, llevaban comida o preparaban bebidas.

La puerta de entrada se abrió y entró un hombre vestido con un traje blanco y un sombrero de ala ancha. Se quitó el sombrero tan pronto estuvo adentro y luego le sonrió ampliamente a la tía Tuti. Ella salió de atrás del podio para saludarlo y el hombre tomó su mano y la besó. Cuando la tía Tuti se volteó para tomar un menú, vi que se había sonrojado.

El hombre tomó el menú que le ofrecía la tía y caminó hacia el bar. Sonrió y asintió amablemente, saludando a todos los que encontraban su mirada. La abuela miró al hombre cruzar el restaurante y sentarse en uno de los bancos del bar. Él inclinó la cabeza hacia la abuela. La vi sonreír, pero no en su forma cálida de siempre. Mi mamá seguía intentando sacarla del comedor, así que no creo que notara la presencia del hombre.

La abuela fue hacia él, y tan pronto como estuvo cerca el hombre se levantó y tomó su mano. Intentó besarla, pero ella la apartó antes de que pudiera hacerlo. Al parecer, no quería aceptar un gesto así de alguien que claramente no conocía.

—Doña Verónica —dijo el hombre.

—¿Sí? —dijo la abuela.

—Soy Wilfrido Pipo —dijo, mostrando una hilera de dientes blancos y perfectos—. Acabo de abrir una oficina a unas cuadras de aquí.

—Bienvenido, Wilfrido —contestó la abuela.

—Gracias —dijo.

Algo en la forma en que la abuela dijo "Bienvenido" sonó extraño. Como si no lo sintiera así realmente. Mi mamá tomó a la abuela del brazo otra vez y volvieron a la cocina. Cuando llegaron hasta donde yo estaba, la abuela soltó a mi mamá y tomó mi mano.

—Vámonos a la casa, Arturito —dijo—. Estoy un poco cansada.

Lo dijo mientras miraba de nuevo al hombre impecablemente vestido. Salí del restaurante con la abuela, pero no antes de escucharlo alabar el menú. Me preguntaba qué clase de negocio había abierto. Cuando lo comenté con la abuela, me dijo que no sabía.

—No sé quién es, mi amor —agregó.

Mientras caminábamos, iba susurrando una canción que me cantaba cuando era niño. "Guantanamera. Guajira, guantanamera... Yo soy un hombre sincero, de donde crece la palma...".

Abrí la reja del complejo de departamentos y acompañé a la abuela hasta su unidad, en el primer piso. Dijo que estaba muy cansada, así que la ayudé a sentarse en su sillón reclinable. Cerró los ojos casi de inmediato.

Intenté llamar a Mop y a Bren, pero no contestaron el teléfono, así que decidí recoger el correo y repartirlo en cada departamento. Tenía la llave maestra porque otro de mis trabajos en el verano era ser aprendiz de conserje en el complejo de mi familia. Empezaba a revisar el correo cuando alguien se me acercó por detrás y me sacó hasta los frijoles del susto.

3

poemas en la cazuela del pollo

LOS SOBRES CAYERON por todas partes cuando brinqué.

—Lo siento… ¡No quise espantarte!

Era Carmen.

—Ey, ¿qué onda, Carmen?

Tal vez la saludé con demasiado entusiasmo porque me miró con los ojos muy abiertos, como si no pudiera comprender por qué estaba gritando. Creo que estaba contento de verla. No sé… Fue raro.

—¡Hola de vuelta! —Su rostro se iluminó y su sonrisa se extendió prácticamente de oreja a oreja. Las pecas de sus mejillas se notaban mucho más bajo el sol resplandeciente. Como chispas de canela. No estaba muy seguro de qué decirle.

—Ah, ¿estás caliente? —pregunté—. Quiero decir, no

caliente, sino si tienes calor, como sudando... del calor y, bueno, estás en Miami.

—Así es —dijo—. Y sí, *hace* calor. Parece Zimbabwe en agosto. —Dejó el libro que traía en el buzón y ató su cabello rojizo en una cola de caballo.

—Sí —dije, sin saber exactamente dónde estaba Zimbabwe.

La expresión en mi rostro debió delatarme, porque dijo:

—Está en el sur de África. El clima es muy parecido al de Miami, solo que Zimbabwe no tiene salida al mar.

—Claro, tiene sentido. ¿Y qué estás leyendo?

Versos sencillos, de José Martí. Lo tengo que leer para el próximo año escolar.

—Suena doloroso.

—En realidad, me encanta la poesía. Admiro mucho a los poetas que pueden desnudar su alma en una página, ¿sabes?

—A mí... ¿me gusta la poesía?

—¿Me estás preguntando?

—No, bueno, no... O sea, no realmente, eh, la poesía. Escribo... a veces.

Era una mentira terrible y desvergonzada. Nunca había escrito un poema en toda mi vida.

—Genial —dijo—. Tal vez me puedas dejar leer alguno.

—Sí, claro, ¿por qué no? —Me pregunté por qué, ¿por qué?, le había dicho eso.

Carmen se rio. Tenía la piel sonrosada. Se abanicó con la mano.

—Cuando estoy bajo el sol mucho tiempo —dijo— empiezo a parecer una langosta que acaban de sacar de la olla.

Sabía a qué se refería.

—Yo me veo rosa —dije—. Como un salmón que olvidaron en el horno.

—Ya lo veo.

—¿Eh?

—Y dime —siguió, interrumpiendo mi momento de incomodidad—, ¿cómo te fue en tu primer día? ¿Te tocó contestar teléfonos otra vez como querías?

—Para nada. Lavé ollas y platos todo el día, y terminé cubierto de burbujas. Y casi me come el lavavajillas gigante.

—Guau, eso apesta —dijo Carmen, riéndose un poco—. O sea, me imagino que *tú* no apestas por, ya sabes, las burbujas de jabón.

—¡Claro! —dije—. Porque las burbujas están limpias, y por qué iba a apestar si estaba cubierto de jabón. —Guau, qué manera de decir lo obvio.

Carmen sonrió y me ayudó a acomodar el correo.

—La abuela me invitó a ir al restaurante con ella, pero no pude porque mi papá quiere que estudie en las mañanas.

—Sí, se detuvo a saludar a todos, como siempre. Entró un extraño al restaurante, actuando como si conociera a todo el mundo. A la abuela no le cayó muy bien.

—Guau —comentó Carmen—, y a la abuela le caen bien todos.

Era cierto. "A la gente le gusta hablar de sus cosas", me decía siempre. Con los años me di cuenta de lo cierto que era. A las personas les gusta hablar de sí mismas. Podía tratarse de una boda, un recién nacido, un hijo que aceptaron en una gran universidad o un miembro de la familia que acababa de morir; la abuela siempre estaba ahí para escuchar. Cuando los clientes volvían, la abuela recordaba fácilmente los detalles de conversaciones específicas.

Hacía que los clientes habituales se sintieran amados. Si entraba un nuevo cliente, la abuela se esforzaba por saber un poco sobre él. Si los clientes no querían compartir algo o hablar, la abuela los dejaba solos, aunque siempre les daba la mano y les agradecía que comieran en el restaurante. Nunca vi a nadie salir de La Cocina de la Isla sin una sonrisa. Este tipo nuevo era el único cliente al que la abuela había tratado diferente.

Carmen se quedó mirándome y me di cuenta de que no había dicho nada en mucho tiempo.

—¿Arturo? ¿Estás bien?

—¿Eh? Sí. Lo siento.

Incómodo, bajé la vista a mi teléfono y vi que Mop me había escrito. Decía que los viera a Bren y a él en la cancha de básquetbol.

—Ah, me tengo que ir, así que, bueno, te veo por ahí —dije, porque en realidad no quería que ella fuera a jugar con Mop y Bren. Ya sabía lo que iban a decir y no tenía ganas de explicar por qué de pronto estaba interesado en tener a una niña cerca, aun cuando fuera tan buena onda… pero también la ahijada de mi mamá. Solo tenía que callarme y salir corriendo, pero antes de que pudiera hacer algo Carmen me dio un beso en cada mejilla y se fue.

—Nos vemos —dijo, lo que me dejó congelado el tiempo suficiente para darme cuenta de que había dejado su libro de poemas encima del buzón.

4

gritos helados: un diálogo

BREN Y MOP *están tirando la pelota cuando llego a la cancha. Se avecina una inmensa nube negra, amenazando con llover sobre nuestro partido. En el verano llueve casi todas las tardes.*

BREN: Amigo, ¿qué traes en la mano?

YO: Ah, un libro.

BREN: ¿Qué clase de libro?

YO: De poemas.

Bren deja de driblar.

BREN: ¿Con poemas te refieres a letras de rap?

Mop nos interrumpe y me quita el libro.

MOP: ¿José Martí? Genial. No sabía que lo estabas leyendo.

YO: Ah, no. O sea, supongo que tal vez podría —definitivamente— leerlo.

BREN: No conozco a ningún rapero llamado José. ¿Es nuevo?

MOP: Bren. Martí fue un héroe de la guerra de independencia cubana contra España, a finales del siglo XIX.

BREN: ¿Un rapero cubano del siglo XIX? Amigo, es increíble.

Bren intenta hacer un tiro de tres, pero falla.

MOP: ¿Estás seguro de que quieres entrar al equipo de octavo grado?

BREN: Tengo la oportunidad de ser titular.

Mop y yo nos volteamos a mirarlo.

BREN: Y luego, Arturo, ¿de casualidad ese libro de poemas de un rapero cubano le pertenece a alguien que acaba de aparecer en tu vida el otro día después de muchos años?

YO: ¿Qué? No.

Bren deja de tirar y sonríe.

BREN: *Bro*, es como la niña más alta que he visto. Mide casi lo mismo que tú, Arturo.

Mop le quita el balón a Bren.

MOP: Cada vez que dices *bro*, nuestro idioma pierde su voluntad de vivir.

BREN: Amigo, creo que deberías invitarla a salir.

YO: Ni al caso. ¡Mi mamá es su madrina! Prácticamente somos familia. ¿Podemos jugar y ya?

Mop y Bren se miran el uno al otro, y luego me dirigen la mirada a mí.

BREN: Creo que a alguien le gusta su hermana postiza.

YO: Claro que no. Y no es mi hermana postiza.

Bren observa el libro en mi mano.

BREN: Entonces, ¿por qué estás leyendo su libro de poemas de amor cubanos?

YO: Se le olvidó. Solo se lo voy a devolver.

Empieza a caer una ligera lluvia, pero el sol sigue brillando. Mop tira por última vez y encesta, mientras Bren me mira raro.

BREN: Hermano, te puedo prestar mis lentes de Pitbull. Son brutales.

MOP: ¿Qué tiene que ver eso con que Arturo lea poesía, Bren?

BREN: Que los lentes harán que se vea genial. Y a las niñas altas les gustan esa clase de tipos.

Mop se da una palmada en la frente y salimos de la cancha.

MOP: Amigo, ojalá no me fuera al campamento esta semana.

BREN: ¡Sí, yo igual! ¡Ojalá no me fuera! Es mi deber enseñarle hip-hop cubano a Arturo.

MOP: Eres de Northampton, Massachusetts, Bren. No de Cuba.

Dejamos la cancha y caminamos por el callejón hasta salir a la calle principal.

YO: Oigan, en serio. No me interesa Carmen. O sea, es buena onda y todo, pero prácticamente somos familia.

BREN: Ay, *bro*, cuando el amor llega, llega.

YO: ¿Podemos dejar en paz el tema? Vamos por un helado.

MOP: ¡Excelente idea!

Caminamos hacia Two Scoops y contemplamos el verano. Los largos días húmedos se vuelven tardes lluviosas. Y los atardeceres rosas cierran cada día como un remolino de nieve de mango, guayaba y papaya. No oscurece sino hasta las ocho de la noche más o menos. A veces hasta las nueve.

Devoramos nuestros barquillos rápidamente, cuidando que

no nos caiga helado derretido sobre la ropa. Miro al otro lado de la calle y veo un letrero en cursivas sobre un nuevo local. No puedo leerlo hasta que me acerco lo suficiente. Dice: Plaza Pipo. El futuro es ahora.

YO: Oigan, un tipo raro fue a La Cocina hoy y dijo que acababa de abrir un local a unas cuadras del restaurante. No sé si es este.

Mop examina la fachada desde el otro lado de la calle.

MOP: Se ve que podría ser una tienda de ropa cara. El letrero parece vistoso.

BREN: *Bro*, sería increíble. Necesito un poco de color antes de que empiece la escuela. No puedo entrar al octavo grado con estos trapos.

MOP: Bren, si te pones más colores, el sol ya no va a salir.

YO: Literalmente, vas a provocar la siguiente era del hielo.

BREN: No me odien, amigos. Es el sabor latino.

MOP: Estamos intentando salvar a la humanidad de tu guardarropa.

BREN: Ya, vámonos a mi casa a jugar *Legends of the Universe*.

MOP: ¡Por fin sale una buena idea de la boca de este hombre!

Caminamos, conversamos y tomamos turnos driblando la pelota por el vecindario. El resto de la semana es exactamente lo que yo quiero del verano: estar con Mop y Bren todos los días después de mi turno en el restaurante, ver a Carmen ocasionalmente por el complejo de departamentos y comer toneladas de helado. La vida es buena hasta la cena familiar del domingo, cuando sucede la catástrofe.

5

teorías conspiratorias

LA TÍA TUTI estaba dificultando seriamente que pudiéramos preparar la cena familiar.

—Cari, ¿leíste el periódico hoy? —le preguntó a mi mamá—. ¡No puedo creer que haya otra propuesta para el terreno de al lado! ¿Le dijiste a mami?

—Sí, lo leí. Y no, no quiero preocuparla.

Miré a la tía Tuti caminar nerviosamente de un lado a otro por todo el restaurante, con una cara como si estuviera a punto de tragarse una manzana entera.

—¡*Todos los días* esta semana! —gritó a todo pulmón—. Vino al restaurante *todos los días*. Me invitó a comer. ¿Puedes creerlo? Él. Me invitó. A comer. Engreído. Mentiroso. Ay no, ni loca. ¡Ni loca!

—Tuti, cálmate. Estás histérica.

Solo escuchar la palabra encendió de nuevo a Tuti.

—¿Histérica? *¿His-té-ri-ca?* ¿Acaso soy la única que se preocupa por esta familia?

—Ay, Dios, ahí empieza de nuevo. —Mi tío Carlos se dio una palmada en la frente y se fue a la cocina por una jarra de agua para la mesa. Ya casi estábamos listos para sentarnos a cenar.

—¿Qué pasa? —preguntó la abuela desde el otro lado del comedor mientras la tía Tuti manoteaba como si estuviera pintando el aire.

—Nada, mami —contestó mi mamá, y luego se dirigió a la tía Tuti—. Estás poniendo nerviosa a mami. ¿Por qué no te sientas? Lo hablamos en la mesa.

—Está bien. Pero lo tenemos que hablar.

—Ya sé. Solo siéntate, por favor.

—Caramba, se pone tan histé…

—¡Ya no lo digas! —gritó toda la familia antes de que Brian pudiera terminar.

Carmen no pudo contener una risita.

—Digamos *histérica* los dos al mismo tiempo, a ver qué hace —sugirió.

—Podría ser muy peligroso —dije—. Hay un montón de gente aquí y a la tía Tuti le gusta usar mucho las manos.

La tía Tuti seguía sacudiendo la cabeza mientras mis primas intentaban calmarla.

—¿Quién hizo otra oferta, mamá? —pregunté finalmente.

—No es algo de lo que te tengas que preocupar, Arturo. Ve y lávate. Comemos en diez minutos.

Mi mamá dejó el periódico sobre el podio de la recepción

y volvió a la cocina para terminar de preparar todo. Antes de irme a lavar las manos, miré el periódico y vi de qué estaba hablando la tía Tuti.

—¿Qué significa eso? —preguntó Carmen a mi espalda.

—Significa que La Cocina de la Isla no es el único negocio que quiere construir en el terreno que está junto al restaurante.

—¿Quién más quiere construir ahí?

Le mostré el periódico a Carmen. Había una foto del hombre con traje blanco en la primera plana. Sostenía un letrero con la misma letra elegante de la tienda que había visto en la tarde. Las palabras Plaza Pipo estaban escritas en una vulgar cursiva dorada.

—¡Tenemos diecinueve años aquí! ¡Nadie merece expandirse más que nosotros! —gritó la tía Tuti, intentando hacer contacto visual con cualquiera que quisiera escucharla—. Ay, ¡no puedo creer que dejé que me besara la mano! Me doy asco.

—Tuti, si no ganamos la licitación, solo vamos a tener un nuevo vecino. Eso es todo.

Mi papá, el tío Carlos, Martín y Brian movieron las mesas hacia el centro del restaurante para formar una mesa larga. Bren y Mop intentaron ayudar, pero Bren de alguna manera acabó abajo de la mesa y Martín (conocido como Jabba el Chef) lo pisó.

—¿Así que los amiguitos de Arturo ayudan, pero el churroso se queda ahí parado, mirando?

—Estoy ayudando a la abuela —le dije.

—Ah, qué bueno —se burló Martín—. Qué. Bueno.

Martín es todo un *hater*. Sacudí la cabeza y me fui a lavar las manos. Cuando salí del baño, vi a Carmen observando las fotos del pasillo. Sonrió al ver una mía a los nueve años, solo, de pie, sosteniendo un balón de básquetbol contra la cadera. Me quedaba tan grande el jersey que parecía un vestido.

—Jugaba en el equipo de once a trece años, y era el jersey más chico que tenían —dije, avergonzado ahora de que la abuela hubiera colgado esa foto en el restaurante.

—Creciste mucho desde entonces —dijo Carmen, y de pronto sentí como si tuviera encendidas las mejillas.

Regresamos a la mesa. Vanessa acomodaba con cuidado cada vaso, exactamente en la misma posición. Se quejó de que Bren los estaba golpeando contra la mesa.

—Los va a romper, Arturo. Dile que lo haga con cuidado.

Vanessa era seis meses más grande que nosotros y se movía en círculos de chicos que probablemente llegarían a ser senadores, embajadores y ganadores del Premio Nobel.

Bren tenía un vaso en la mano y miraba a Vanessa.

—¿Qué es ese olor? —preguntó Vanessa, arrugando la nariz.

Bren se olió las axilas tranquilamente.

—Es desodorante en polvo Mira Bro.

Mira Bro era una marca de joyería con muchos brillos, camisetas y jeans ajustados para hombre. Era famosa por el desodorante, en verdad muy potente. Solo conocía dos personas que lo usaban: Bren y Martín.

Mi familia se juntó alrededor de la enorme mesa y mi mamá trajo la comida de la cocina. Vanessa rosó el hombro de Bren cuando pasó a su lado, lo que debió de ponerlo nervioso porque se veía como si estuviera por caerse de boca contra el picadillo.

—Si quieres impresionar a una chica, Brendan, hazlo con esto —dijo Vanessa, señalando la cabeza de Bren—. No con... eso. —Arrugó la cara y contuvo el aliento, evitando inhalar más de ese apestoso desodorante. Volteé hacia Carmen rápidamente y ella me miró directo a los ojos. Creo que sonreí. No estoy del todo seguro porque sentía como si tuviera uno de mis órganos atorado en la garganta. Así que tal vez parecía que me estaba ahogando en lugar de sonreír.

Casi tan pronto como la abuela terminó de rezar, la familia empezó a hablar otra vez de la situación del terreno vecino.

—Entonces, ¿cuál es el plan, Cari? —preguntó el tío Carlos.

—Sí, líder temeraria, *¿cuál* es el plan? —dijo la tía Tuti, retándola.

—El plan —comenzó mi mamá— es seguir trabajando como siempre.

—¡¿Qué?!

Las preguntas y quejas volaban de un lado a otro de la mesa.

—¿De qué estás hablando, Cari? ¿No vas a hacer nada?

—Escuchen. —Mi mamá se puso de pie. Tenía una mano en el respaldo de la silla de mi papá—. Presentamos nuestra propuesta para expandirnos. Se va a convocar una asamblea pública de todas maneras. Wilfrido Pipo no va a cambiar eso. Nos consideran los favoritos porque somos el verdadero rostro de esta comunidad. Nuestros vecinos nos conocen y confían en nosotros. Si empezamos a hacer algo drástico y cambiamos lo que la gente ama de nuestro restaurante, vamos a confundir a la comunidad. Y entonces sí tendremos un problema.

La familia lanzó más quejas a través de la mesa, como si estuviéramos jugando un *dodgeball* verbal bastante violento.

—Cari tiene razón.

—Nunca logras *nada* si no haces *algo*.

—No estoy de acuerdo. No estoy de acuerdo.

Todos voltearon a ver a la tía abuela Josefina, que casi nunca hablaba.

—¿Tú qué dices, tía? —preguntó mi mamá.

—Estoy de acuerdo con todo.

Las voces brotaron de nuevo y pronto parecía que había un inmenso demonio de ruido flotando sobre la mesa. Entonces la abuela se levantó y la habitación entera se detuvo.

—La comida... se va a enfriar. —A la abuela le costaba un poco de trabajo hablar, pero seguía sonando poderosa. La tía Tuti y el resto de los adultos lucían avergonzados, y empezamos a comer la cena más callada que hemos tenido. Los únicos sonidos que se escuchaban eran los tenedores y las cucharas contra los platos y las ollas. Ocasionalmente, Vanessa soltaba un suspiro hondo cuando le llegaba el desafortunado olor del desodorante de Bren. Noté que él intentaba no hacer movimientos repentinos para contener su olor.

Removí mi picadillo en el plato. Hice rodar las aceitunas y las papas crujientes de un lado a otro con el tenedor, preguntándome por qué mi familia no se podía poner de acuerdo sobre lo que teníamos que hacer con Wilfrido. La Cocina de la Isla había estado desde siempre en la familia. Era nuestro segundo hogar, y solo queríamos compartir un poco más de ese hogar con la ciudad. ¿Para qué quería Wilfrido Pipo ese viejo terreno?

—¿Cómo se escribe su nombre?

Carmen apareció de repente junto a mi cara y me asustó tanto que, sin querer, le lancé unos cuantos chícharos a Martín. (No le hizo gracia). Mop y Bren ya habían terminado de comer y se levantaron de la mesa, así que Carmen se sentó en el asiento de Mop junto a mí.

—¡Caramba, tienes que dejar de aparecer así de la nada!

—Lo siento —dijo Carmen. Tenía su teléfono en la mano, lista para escribir. Miré hacia afuera, al terreno, y vi que Mop y Bren estaban en un extremo del patio, de cara al restaurante, mirándome. Mop levantó los pulgares mientras que Bren giraba, intentando hacer alguna clase de baile extraño, y casi se cae. Sacudí la cabeza y los ignoré.

—Bien, veamos qué podemos encontrar sobre Wilfrido —dijo Carmen, totalmente emocionada.

—Yo guardaría el teléfono si fuera tú —le advertí—. La tía abuela Josefina te va a pellizcar la oreja y te lo va a quitar si ve que lo usas en la mesa.

—Tendré cuid... —Carmen ni siquiera pudo terminar de hablar antes de que la tía abuela Josefina apareciera, le arrebatara el teléfono de las manos y lo dejara en la barra, junto a las urnas de los miembros de la familia que nos acompañaban "en espíritu".

—Te lo dije —comenté.

—Bueno, ¡por lo menos no me pellizcó la oreja! —Carmen soltó una risita, y el sonido hizo que sintiera un huachinango de seis libras moviéndose en mis entrañas.

—Oye —dije, ignorando la sensación—, tal vez deberíamos...

—¿Colarnos en la casa de Wilfrido y ver dónde escondió los cadáveres?

Miré a Carmen completamente confundido.

—¿Cómo?

—¿No es lo que estabas pensando? —preguntó.

—Estaba pensando que deberíamos ir a ver su tienda.

—Eso es lo que estaba pensando —dijo Carmen, y apretó los labios. Se veía como si acabara de comer algo y no estuviera segura de que le gustaba el sabor.

—Vamos a ver qué clase de tienda tiene. Tal vez nos dé una pista de qué planea hacer con el terreno, si gana.

—¿Y si está tramando una conquista siniestra de Miami y somos los únicos que podemos detenerlo?

—Eh…

—O… —empezó a decir, se acercó más, entrecerró los ojos y murmuró—: ¡¿Qué tal si se trata de un extraterrestre enviado para investigarnos antes de que nos ataque el ejército invasor y se coma nuestro cerebro?!

La miré fijamente.

—O… —dije—, ¿quizás quiere expandir su negocio en el terreno porque está en un lugar popular?

—O eso. Entonces —continúo Carmen—, ¿cuál es el plan?

—¿Vamos juntos a su tienda?

—Está bien. Ponte tu mejor disfraz —dijo, como si fuera lo más normal del mundo.

—¿Por qué? —pregunté.

—¡Porque vamos a investigar!

Cuando Mop regresó, Carmen se pasó a su asiento original. Él me guiñó el ojo y me empujó con el hombro. Sentí que me ardían las mejillas. Lo que es peor, miré hacia la abuela y vi que me observaba con una sonrisa pícara. Movió las cejas de arriba a abajo, como si supiera algo que yo no sabía.

Más tarde esa noche, cuando ya todos nos habíamos ido a casa, me quedé despierto en mi cama, preguntándome por qué Carmen quería que usáramos un disfraz.

6

los secretos de la caja de puros

PASARON UNOS CUANTOS días y lo de "seguir trabajando como siempre" nos estaba saliendo fatal. La vibra en La Cocina de la Isla se sentía como guacamole que se ha echado a perder. La tía Tuti seguía murmurando entre dientes lo mucho que aborrecía a Wilfrido. La abuela se empezó a quejar con más frecuencia de su respiración, y podíamos ver que le costaba más trabajo moverse. Eso nos tenía tensos a todos. Martín estaba particularmente de mal humor hoy, y lo escuché gritarle a los cocineros. Andaba de aquí para allá como un hipopótamo sobre dos patas, y la mezcla del desodorante excesivamente perfumado con el olor a grasa frita me estaba mareando. En cuanto terminó el turno del almuerzo, agarré mi mochila y guardé mi camiseta de lavaplatos. Todavía tenía el libro de poesía de Carmen ahí dentro e hice la nota mental de devolvérselo. La poesía definitivamente *no* estaba en mi futuro.

Salí corriendo del restaurante y me fui a mi casa a jugar algún videojuego. Pero adivina a quién me encontré en el camino. Así es: a Carmen.

—Hola —dije, procurando no sonar demasiado emocionado.

—Hola —respondió.

—¿Tuviste un buen día?

—Sí —contestó—. Fui a la casa de la abuela y vi la televisión con ella, pero estaba tosiendo mucho, así que la dejé descansar. Luego fui con mi papá a la tienda.

—Súper. Gracias por estar pendiente de la abuela.

—Somos familia. Así debe ser.

No puedo mentir… Me sentí un poco desinflado cuando dijo eso, como un pastel cocinado a la temperatura equivocada. No sé por qué me importó tanto, pero no quería que Carmen dijera que estábamos emparentados.

Carmen siguió hablando para llenar el silencio, y yo pensaba.

—Me gusta estar con la abuela. Es lindo sentirte cerca de alguien, ¿sabes?

—Sí —dije, pensando que Carmen seguramente extrañaba mucho a su mamá.

—Me pasa lo mismo cuando hablo contigo. La abuela y tú son seres amables.

¿Acababa de comparar estar conmigo con estar con la abuela de alguien? ¿Es qué me ve como a una *abuela*?

Rápidamente empecé a contarle una historia para no tener que pensar en lo que Carmen acababa de decir.

—Cada verano, la abuela me llevaba a la playa muy temprano, hasta que se enfermó.

—¿En serio?

—Sí, solo ella y yo. Aparecía en casa con un bolso lleno de juguetes de playa, el bloqueador solar ya puesto, un sombrero grande de paja y unos lentes de sol redondos. A veces me iba a dormir con el traje de baño puesto para estar listo en la mañana.

—¡Qué lindo! Suena divertido.

—Ajá. Llegábamos a la playa antes que todos. Me daba la mano para recoger conchitas en la orilla. Luego yo me paraba en sus rodillas y ella decía que era un Jet Ski y me daba vueltas. Hace mucho que no voy a la playa ahora.

—Mi mamá y yo también hacíamos eso del Jet Ski —dijo Carmen.

—¿Hace cuánto que se enfermó?

—No importa —dijo, y cambió el tema—. Oye, ¿cuándo quieres ir a la tienda de Wilfrido? Podemos ir mañana.

—Sí, claro. Pero lo de los disfraces…

—¿Qué pasa? —dijo, arqueando una ceja.

—¿Te importaría decirme por qué nos tenemos que disfrazar?

—¡Porque te puede reconocer! —gritó—. Wilfrido ya vino a La Cocina y no vamos a poder recolectar tanta evidencia si sabe quiénes somos.

—¿Evidencia de qué? —pregunté.

—De lo que sea, Arturo. Puede ser cualquier cosa.

Cuando llegamos a la casa, vi a la abuela afuera, atendiendo con sumo cuidado las plantas del jardín. Echó tierra y la extendió poco a poco utilizando el bastón que ahora necesitaba para caminar. Carmen corrió hacia la abuela y le dio un beso. Yo agarré sus guantes y me puse de rodillas para extender la tierra en la base del arbusto de floribundas.

—No ha florecido para nada —dije.

—Solo necesita un poco de amor —repuso Carmen.

Cuando terminé de aplanar la tierra, me quité los guantes y los doblé. Me limpié el sudor de la cara con el brazo y accidentalmente me embarré un poco la frente. La abuela me extendió un pañuelo blanco para limpiarme.

Carmen sonrió y señaló mi cara.

—Creo que, eh, hay un poco de compost en tu frente.

Me limpié y miré el pañuelo. Genial. Me embarré caca en la cara delante de Carmen. ¿Por qué no podía hacer nada *cool*!

—Pronto, yo creo —dijo la abuela, rompiendo con el momento incómodo.

—Sigue pensando que va a florecer pronto —dije, untando el compost del pañuelo en el pasto—, pero ya intentamos todo.

—Un poco de esperanza no hace daño —dijo Carmen.

La abuela nos contó del día en que el abuelo le preparó carne asada y frijoles negros, y cómo siempre cocinaba de más la carne pero no cocía los frijoles lo suficiente. Pero nunca dejó de intentarlo, nos dijo. Creo que ver la floribunda así le recordó al abuelo.

El tío Frank salió del departamento y llamó a Carmen.

—Mi amor, ¿me puedes ayudar con algo?

—Sí, papi —dijo ella, y luego se giró hacia mí—. ¿Te veo después?

Asentí y medio moví la mano en señal de despedida. La abuela se dio cuenta y me empujó hacia adelante, animándome a despedirme bien. Le di dos besos a Carmen, lo que me incendió la cara como si fuera una langosta en pleno hervor.

Nos quedamos solos y acompañé a la abuela a su departamento. Lo primero que hizo al entrar fue ir a su pequeña cocina para preparar un batido con los mangos frescos que cayeron del árbol de su vecino. Cada verano, cuando los árboles de mango empezaban a dar fruto, la pareja que vivía en el edificio junto al nuestro le regalaba una bolsa de supermercado llena de deliciosos mangos. La abuela pelaba un montón y los congelaba. Luego hacía batidos para sus nietos y vecinos. Yo solía ser el primero en probarlos.

Servimos el batido en dos vasos de plástico y saboreamos la dulce y espesa bebida naranja. La abuela se sentó en su sillón reclinable y yo me senté en el sofá junto a ella. Dejé mi mochila en el piso y la abrí para sacar un poco de goma de mascar. La abuela vio el libro de Carmen y, antes de que yo pudiera meterlo hasta el fondo, lo tomó.

Leyó la cubierta y me miró. A duras penas podía ver sus ojos claros entre el mar de arrugas que los rodeaba. Tomó los anteojos que descansaban en su cabeza. Ahí noté qué tan blanco se había vuelto su cabello. Desde que tenía uso de razón, el cabello de la abuela siempre había sido castaño, y lo peinaba en un moño perfecto. Siempre quería verse lo mejor posible. Pero hoy su cabello se veía un poco fuera de lugar y había canas sueltas en varias partes. Hojeó el libro y sonrió mientras leía en silencio.

—Entonces —dijo, levantando la vista finalmente—, este libro de poesía, ¿qué hace en tu mochila, Arturito?

—Nada —dije—. No es mío. Es, eh… Es de un amigo.

—¿De un *amigo* o de una *amiga*? —preguntó, haciendo una mueca pícara.

La abuela se preguntaba si la "amiga" era cierta niña de ojos color miel y cabello ondulado que iba a pasar el verano en nuestro complejo de departamentos. Subí los hombros y traté de mostrarme tranquilo.

Por suerte, la abuela dejó el tema. En cambio, empezó a contarme una historia que yo ya conocía de cierta manera: cuando se vino a Miami desde Cuba.

—Sabía que no iba a regresar —dijo, hablando bajo.

Yo sabía que la abuela había llegado a Miami en un barco hacía mucho tiempo. Contaba mucho esa historia.

—¿Tú sabes que tu abuelo escribía poesía? —me preguntó.

—¿El abuelo escribía poesía? —dije. Eso no lo sabía.

—Y le encantaban los poemas de José Martí. Como a Carmen.

Creo que estaban intentando hacer alguna clase de vergonzosa conexión romántica.

—¿Tú sabes cómo nos conocimos tu abuelo y yo en Cuba? —preguntó la abuela.

—No —respondí.

La abuela fue hacia su librero y sacó una caja de puros grande y de madera. En el interior había una pila de cartas acomodadas y amarradas con un listón, algunas plumas, un reloj que no funcionaba y un sobre doblado.

—Aquí está la historia de tus abuelos —dijo, y me entregó la caja color café oscuro que olía a tierra. Cuando la miré más detenidamente, me di cuenta de que dentro no solo había una pila de cartas, sino fotografías, un viejo CD y hojas en blanco. La abuela me observó. Metió una de las canas sueltas en su moño. Luego se sentó en su sillón reclinable y me dijo que me llevara la caja. Esa caja, dijo, era la historia de cómo la poesía había ayudado a unirlos a ella y al abuelo.

Después apretó mi mano, me guiñó un ojo y sonrió.

—Lo más importante, Arturito —dijo—, son el amor y la fe.

¿Qué quería decir con eso? Guardé la caja del abuelo y el libro de poemas de Carmen en mi mochila. Le di un beso de despedida a la abuela y me fui a mi departamento. Ahí me metí en Twitter y vi unos mensajes de Bren y Mop.

@PITBULL4LIF: qué onda, *bro*!!!

@MOPOMNIPRESENTE: Lo escucho, buen señor.

@PITBULL4LIF: hermano, cada vez que veo tu alias me da cosa. qué significaba???

@MOPOMNIPRESENTE: Significa que soy una mopa omnipresente. Estoy presente y me encuentro en todas partes. Limpiando el mundo.

@PITBULL4LIF: eres tan raro, amigo.

@MOPOMNIPRESENTE: Lo dice el tipo con una foto gigante de Pitbull en su cuarto, a la que le habla todas las noches.

@PITBULL4LIF: es mi roca, hermano. me da fuerzas.

@ARTZAM3: Oigan, la abuela me dio una caja de mi abuelo.

@MOPOMNIPRESENTE: Enigmático. ¿Qué tiene adentro?

@ARTZAM3: Un montón de cartas, fotografías, algunas hojas en blanco y un CD.

@MOPOMNIPRESENTE: ¿Ya leíste alguna de las cartas?

@ARTZAM3: Todavía no. Voy a dormir un rato. Carmen quiere ir a ver la tienda de Wilfrido Pipo mañana.

@PITBULL4LIF: hermano! déjame ir con ustedes!!! me muero por comprarme algo nuevo.

@ARTZAM3: Es que Carmen quiere hacer una visita, como, clandestina… Solo nosotros dos.

Esperé que respondieran. Al fin, los mensajes de Mop y Bren aparecieron prácticamente al mismo tiempo.

@PITBULL4LIF: AH, SÍ????

@MOPOMNIPRESENTE: INTERESANTE!!!!

@ARTZAM3: No es nada así. Buenas noches!

Bren mandó una serie de emoticones de besos y Mop se le unió con varios corazones. Qué molestos. Carmen y yo éramos solo dos amigos que iban a ver qué clase de tienda tenía Wilfrido Pipo. Nada más.

Luego Bren me empezó a aconsejar qué ponerme. No me interesaba en lo más mínimo ir vestido de rapero. Pero eso hubiera sido mejor que el atuendo que acabé poniéndome.

7

enmascarar la peste

AL DÍA SIGUIENTE busqué entre mi ropa un disfraz con el que Wilfrido no pudiera reconocerme, pero que se viera bien delante de Carmen. Algo que me hiciera parecer un espía en una película de James Bond. Pero no tenía un esmoquin. Y los únicos lentes de sol que encontré eran de color naranja, de mi mamá. Carmen llamó a la puerta cuando intentaba encontrar algo en el clóset de mi papá. Desesperado, corrí a mi habitación y agarré algo de una caja llena de cosas que les iba a regalar a mis primos más chicos. Me metí en el disfraz que había elegido y sentí que mis brazos iban a reventar la tela. No había tiempo para probar otra cosa, así que me puse los tenis y la máscara, y corrí a la puerta. Cuando la abrí, se me cayó la mandíbula.

—Ey —dijo Carmen. Gracias a Dios tenía puesta la

máscara y Carmen no vio lo roja que tenía la cara. Llevaba tacones que la hacían verse cinco pulgadas más alta, y maquillaje con el que se veía diez años mayor. Tenía el cabello arreglado, y un par de anteojos completaba el disfraz. Como dije, se veía mucho mayor de trece años, y yo me sentí como un completo idiota.

—¡Hulk! Buena elección —dijo—. Puedes ser mi hermanito o algo así.

¿Su hermanito? Eso era un desastre.

—Me voy a cambiar —dije detrás de la máscara, por lo que mi voz sonó como si estuviera teniendo un ataque de asma.

—¡No! Está perfecto —dijo, tomándome del brazo—. Anda, vámonos.

En serio me quería cambiar, pero Carmen insistió en que era un gran disfraz. Dijo que nadie sospecharía que un niño vestido de superhéroe estuviera buscando pistas.

El *clac-clac* de los tacones de Carmen se mezclaba con mi respiración cada vez más amortiguada mientras caminábamos por la calle. Era una tarde de verano típica en Miami, donde la humedad nos castiga a todos. Y, en especial, a los idiotas que usan disfraces de superhéroes que les quedan chicos, y máscaras de hule que solo tienen un hoyito por dónde respirar. Deberían prohibir la venta de disfraces así en las ciudades donde la humedad es mayor al 10 por ciento.

Carmen y yo caminábamos en silencio. Era muy incómodo. Me levanté la máscara porque no podía soportar el calor un minuto más. Jalé los músculos falsos de Hulk que apretaban mi pecho real y deseé con todas mis fuerzas que se rompiera el disfraz para tener que volver a casa y ponerme mi ropa.

—Espera. Ponte la máscara —dijo Carmen—. Ya estamos cerca de la tienda de Wilfrido.

No quería hacerlo, pero Carmen me dijo que era la única forma de descubrir exactamente qué estaba pasando.

—Si te reconoce, no va a querer darnos información.

No creí que a Wilfrido le importaran un par de muchachitos mirando su tienda, pero le seguí la corriente. Tan pronto como me puse la máscara, sentí gotas de sudor formándose en mi nariz.

Algunas personas salieron cargando bolsos de tela y carpetas elegantes. Entre ellas estaban Annabelle y George, la joven pareja que se citaba en La Cocina.

Un *bip-bip* hizo que Carmen y yo saltáramos a un lado. Era Bill Bicicleta en su bicicleta de tres llantas, equipada con una canasta que cargaba una bocina y su caniche de juguete, Henry, así como un cuadro enorme de Celia Cruz pegado al frente. Nadie sabía realmente dónde vivía Bill Bicicleta o de dónde había salido, pero era emblemático de Canal Grove desde que yo tenía uso de razón. Cenaba en La Cocina por lo menos una vez al mes. Nunca decía más de tres palabras cuando comía. "Hola. Gracias. Vale". Bill Bicicleta apagó la bocina, encadenó su bici y entró con Henry al local.

Vi de cerca la tienda de Wilfrido por primera vez. El interior era blanco y a través de la ventana se podía ver un inmenso mural con dos letras P doradas. Había sillas de cuero blancas, acomodadas en dos rincones de la tienda, y una mesa grande con varias *laptops* para navegar en internet. Me di cuenta de que la tienda de Wilfrido no era una tienda en lo absoluto. Era una oficina.

Una oficina que tenía una fiesta. La gente tomaba comida de una mesa de bufet llena de pastelitos dulces y salados, y tazas de café. Había una réplica inmensa de una ciudad cerca de la ventana. Parecía mi vecindario, solo que tenía una torre altísima en la esquina de la calle principal.

—No me gusta eso —exclamó Bill Bicicleta muy fuerte cuando salió—. No. No. —Supongo que sabía más de tres palabras después de todo.

Carmen me dijo algo, pero no alcancé a oírla por encima de mi respiración fuerte y pesada. Volvió a susurrar en mi oído mientras íbamos entrando, pero yo seguía sin poder escucharla. El aire acondicionado entró a bocanadas por los hoyos de mi máscara, enfriando instantáneamente mi disfraz y secándome el sudor. Me quedé parado durante unos segundos para disfrutar del glorioso momento.

—¿Arturo? ¿Arturo?

—¿Eh? Ah, perdón —dije—. Me estaba muriendo allá afuera.

—Intenta caminar cinco cuadras en tacones con este calor —dijo Carmen.

Parecía que todos en Canal Grove habían recibido una invitación para la elegante fiesta en la oficina de Wilfrido Pipo. Mi maestra de literatura de séptimo grado, la señorita Patterson, y la bibliotecaria de la escuela, la señorita Minerva, charlaban animadas junto al modelo del barrio. Vimos otra mesa grande a lo largo de la pared del fondo, donde había algunas jarras de cristal muy elegantes, con tallos de menta sobresaliendo del agua. Un niño de mi escuela, llamado Eddy Strap, y sus papás comían de los pastelitos acomodados perfectamente junto a la jarra con agua de menta. Eddy y yo no nos llevábamos; él era muy creído.

—Me encanta la idea de que este edificio vaya a traer otra clase de gente al vecindario —dijo la mamá de Eddy de una manera que sonó presumida.

Espera... ¿qué edificio?

—Ven Juancito, ¡mira el edificio qué bonito! —escuché decir a Carmen. Supongo que ella también quería averiguar de qué se trataba lo del edificio.

—¿Quién es Juancito?

—Tú —murmuró Carmen—. Juancito, mi hermano menor.

—Qué loco.

—Solo sígueme la corriente. —Carmen pasó su brazo por mis hombros y me habló como si tuviera cinco años.

—Qué interesante, ¿no? —repitió, señalando el edificio alto para que yo lo viera.

La fachada del pequeño rascacielos tenía las mismas iniciales que la oficina, PP, en cursivas doradas.

Me acerqué para verlo mejor, pero me distrajo el sonido de golpecitos contra una copa, tras los cuales la gente empezó a reunirse alrededor del modelo.

De pronto apareció Wilfrido Pipo, vestido con el mismo traje blanco y sombrero que llevaba puestos el primer día que fue a La Cocina. Sonrió amplia y cortésmente a todos mientras caminaba entre la gente para llegar frente al modelo, y se detuvo junto a Carmen. Sus ojos se entrecerraron y pude sentir cómo se formaban perlitas de sudor en mi nariz otra vez. Wilfrido seguro nos iba a descubrir.

—Hola —dijo, dándome una palmada en el hombro.

—Ay... —murmuré y me volteé hacia el modelo.

Carmen extendió la mano y me acercó a ella.

—Le gusta su maqueta.

—Excelente. Me alegro mucho —dijo Wilfrido.

Miró a Carmen y sonrió.

—Qué lindo niño. Ahora, si me disculpas, tengo que decir unas palabras.

Golpeó su copa de nuevo y empezó a hablar.

—¡Escuchen todos! Soy nuevo en la ciudad y puedo decir que la gente de este vecindario es realmente maravillosa.

Para sustentar su punto, Wilfrido me abrazó y casi me tira la máscara.

—Ay… —murmuré otra vez, moviéndome y tratando de mantener oculta mi cara. Aun si Wilfrido no me reconocía, los vecinos seguro que sí lo harían.

—Ay, lo siento —dijo Wilfrido—. Yo te la acomodo.

—¡No! —gritó Carmen, y se puso entre los dos—. Eh, lo siento. Es que no le gusta que nadie toque su máscara. ¿No, Juancito?

Yo asentí y Wilfrido me quitó el brazo de encima.

—Lo siento mucho. Mis más sinceras disculpas.

Pasó muy rápido, pero podría jurar que por un segundo Wilfrido puso los ojos en blanco cuando se disculpó.

—Como estaba diciendo, es una ciudad maravillosa, llena de gente hermosa y muy trabajadora.

Miré alrededor y observé a los que estaban reunidos. Tenía razón.

—Así que, con esto —continuó Wilfrido— espero contribuir al vecindario. Les presento un nuevo inmueble para recompensar su arduo trabajo y fortalecer todavía más su comunidad.

Wilfrido señaló el edificio de la maqueta.

—En las próximas semanas hablaré con cada uno de ustedes para mostrarles cómo este edificio, Plaza Pipo, ¡será la piedra angular y el futuro de esta comunidad!

Carmen y yo nos fuimos haciendo a un lado cuando la gente se acercó al modelo.

—Este edificio de usos múltiples es una propiedad con la mejor tecnología, diseñada para cubrir todas las necesidades de la gente. Incluirá un supermercado de lujo, estacionamiento personalizado para los residentes que habiten los últimos pisos, un gimnasio de diez mil pies cuadrados, spa, una piscina olímpica y un centro terapéutico con clases diarias de spinning y yoga gratis.

—¿Para todos los que viven en Canal Grove? —preguntó la mamá de Eddy, entusiasmada.

—No, desafortunadamente. Pero cualquiera en el vecindario puede aplicar para ser miembro y tener acceso a muchas de las instalaciones.

—¿Muchas o todas?

—Muchas —dijo Wilfrido, todavía sonriendo—. ¿Puedo continuar?

Señaló cada sección del edificio y siguió describiendo una cosa magnífica tras otra.

—Habrá un salón en la azotea para que los residentes puedan disfrutar de la vista al mar. Habrá cafés en cinco pisos para que residentes y miembros del edificio no tengan que bajar hasta la calle para comprar sus cafecitos de la mañana, ¡como sé que les encanta!

La gente asintió. Parecían maravillados con todo lo que tendría Plaza Pipo.

—Estoy seguro —dijo de pronto, ya serio—, de que el vecindario y la comunidad amarán este lugar. ¡Y espero que solo sea el principio! Imaginen las posibilidades... Este edificio atraerá más personas al vecindario. Creará empleos, inyectará dinero a la comunidad, ¡y añadirá un nivel de lujo que la ciudad merece! ¡Plaza Pipo será la joya de la corona de Canal Grove!

Carmen se veía como si acabara de comerse una galleta asquerosa y no pudiera comprender por qué a todos les parecía deliciosa.

—Bueno —dijo Wilfrido, juntando las manos frente al pecho, como en oración—, en unas semanas va a haber una votación muy importante en Grove y eso será una nueva y fabulosa oportunidad para los maravillosos ciudadanos de esta comunidad. ¿Puedo contar con su apoyo? ¿Dejarán que el consejo ciudadano sepa cuánto quieren que se construya Plaza Pipo?

La gente aplaudió. Nuestro comisionado de la ciudad, Tomás García, le dio una palmada a Wilfrido en el hombro. La mamá de Eddy miró a su hijo y asintió. Mis maestras sonrieron como si acabaran de escuchar la mejor noticia del mundo.

—¡Perfecto! Ahora, por favor, ¡disfruten de la comida y el cafecito! Y no se vayan sin sus bolsos de cuero, hechos especialmente para ustedes ¡con el mejor cuero de toda Argentina!

Carmen y yo vimos cómo Wilfrido empezaba a mezclarse entre la gente. Miré la miniversión de la calle principal y tenía que admitirlo: Plaza Pipo se veía bien. Un edificio inmenso en el vecindario no sería del todo malo, ¿o sí? El modelo tenía una versión miniatura de Two Scoops. Todo el que se mudara a Plaza Pipo seguramente compraría helado. Vi las pequeñas columnas españolas y la reja de entrada de

Libros y Más Libros. La librería favorita de todos tendría más clientes. Las *boutiques* de ropa, varias galerías de arte del vecindario y otros restaurantes y cafés eran parte del modelo. Plaza Pipo atraería a más personas a la calle principal; más clientes hambrientos para La Cocina de la Isla. Excepto que… La Cocina no parecía formar parte de su modelo.

Miré a Carmen a través de mi máscara de plástico y le di un tirón en el vestido para llamar su atención.

—¿Dónde está La Cocina en la maqueta? —murmuré.

Carmen abrió mucho los ojos.

En esa versión del vecindario, Plaza Pipo ocupaba toda la esquina de la calle principal. La Cocina de la Isla no se veía por ningún lado. Sentí que me hervía la piel, se me hundió el estómago y otra vez me costó trabajo respirar. Ni siquiera el aire acondicionado me podía calmar. Me di vuelta para salir de la oficina de Wilfrido cuando sentí una mano en el hombro.

—Espera, pequeño —dijo Wilfrido—. Llévate esto como muestra de mi agradecimiento.

Nos entregó un bolso de cuero a cada uno. Wilfrido sonrió, pero no se sentía amigable esta vez. No sé por qué, pero estoy bastante seguro de que sabía quiénes éramos desde el principio.

—Que los disfruten —dijo.

Una vez que salimos de su campo de visión, Carmen se quitó los tacones y yo me arranqué la máscara y el traje de Hulk. Caminamos en silencio. Mi camiseta estaba completamente empapada de sudor. Cuando nos acercamos a casa, me di cuenta de que los dos habíamos metido nuestras cosas en los elegantes bolsos de Wilfrido. Eran muy útiles, y de pronto me sentí más incómodo que cuando traía la máscara puesta. Llegamos a casa y el tío Frank le pidió a Carmen que lo ayudara a preparar la cena. Ella me propuso que nos viéramos después para pensar qué hacer.

Unas horas más tarde me encontré con Carmen en el jardín. Estaba realmente furiosa.

el chocolate no arregla nada

—¿SABES? LO ESTUVE pensando mucho y no puedo creer que Wilfrido no haya incluido La Cocina de la Isla. ¡Qué presumido! ¡No tiene autoridad para hacer eso! —Carmen rara vez hablaba español conmigo. Por eso me di cuenta de que estaba verdaderamente molesta.

Caminamos por Canal Grove y mi cerebro disparaba más pensamientos de los que podía comprender. Plaza Pipo era un edificio inmenso. Estaba claro que Wilfrido quería ocupar más espacio en la calle principal. El único lugar hacia donde podía expandirse era *sobre* La Cocina. Wilfrido no podía echarnos a patadas pero, ¿y si mi familia no podía renovar el contrato de renta por alguna razón? ¿Y si Wilfrido sabía que el contrato iba a vencer pronto y estaba dispuesto a esperar?

—Tenemos que decirle a tu mamá, ¿no? —Carmen me sacó de mi deprimente juego de "qué tal si".

—Ni idea —dije. Cuando llegamos al semáforo me volteé hacia Carmen—. Creo que le tenemos que decir a la abuela.

—No creo que sea una buena idea, Arturo. La podría poner muy mal.

—Es el restaurante de la abuela. Tiene más derecho que nadie a saberlo.

—Pero no creo que sea buena idea decirle, Arturo. Estaba tosiendo muy fuerte el otro día.

Era poco después de las ocho de la noche. El cielo empezaba a mostrar una mezcla de naranja, rosa y gris, con nubes cortando el horizonte en pedazos. Necesitaba tiempo para aclararme la cabeza, así que tomamos la ruta larga a casa y nos detuvimos en uno de mis canales favoritos. Tenía un árbol enorme a un lado, con lianas largas que podías utilizar para lanzarte al agua.

—Este lugar es genial —dijo Carmen cuando nos sentamos en la orilla de la pequeña colina que daba hacia el canal. Las lianas de los banianos colgaban sobre nosotros como si esperaran su turno para convertirnos en marionetas.

—¿En serio te cuelgas de estas cosas? —preguntó.

—Tienes que saber en qué momento soltarte, o te vas de espaldas contra el agua y te puedes lastimar.

—¿Es seguro nadar ahí? —preguntó—. ¿No hay animales en el agua?

Los canales que atravesaban la ciudad se retorcían y curvaban, y finalmente salían a la bahía. De ahí tomaba su nombre el vecindario.

—Sí, manatíes. Si pones una manguera de agua, vienen a beber. Tienen bigotes y una nariz como de elefante, pero con una trompa que no creció bien.

—¿Y no son peligrosos?

—No. Se ven un poco tontos en realidad. No sé por qué la gente los ama tanto.

—Tal vez porque saben que no son peligrosos. Es muy bueno saber que un animal de ese tamaño no te va a hacer daño.

—Supongo —dije—. Por aquí los animales pequeños son los peligrosos. Como las barracudas. Son terribles.

—¡Sí, he oído hablar de ellas! Tienen dientes inmensos y cuerpos resbalosos, y ojos asquerosos y saltones.

—¿Las has visto?

—En un espectáculo de animales, una vez.

Nos sentamos en silencio durante un momento, mirando el reflejo del cielo rosa y naranja en la superficie del agua. Aventé pequeños puñados de tierra que se deshicieron tan pronto tocaron el agua. Se descomponían en pequeñas nubes, hundiéndose lentamente hasta el fondo del canal, y me pregunté cuántas criaturas salen cuando cae la noche.

—Lamento todo esto —dijo Carmen.

No despegué la mirada del agua.

—¿En serio le quieres decir a la abuela? —preguntó.

—Sí —dije, enterrando las manos en el pasto y jalando las hojas para liberarlas.

—Extraño mucho a mi mamá —me dijo de pronto, y al verla me di cuenta de que tenía la mirada perdida en la distancia—. Estoy cansada de mostrar una actitud positiva todo el tiempo. Realmente apesta, ¿sabes?

Asentí.

—Mi mamá era genial —continuó Carmen—. Era una de las escritoras de comida más respetadas del mundo.

—Sus artículos son los que le dieron reconocimiento internacional a La Cocina de la Isla —dije, porque había leído el blog de cocina de la mamá de Carmen. Era muy graciosa, pero nunca sarcástica cuando juzgaba un platillo o un restaurante.

El labio de Carmen temblaba como si estuviera cargado de electricidad. Su cara se enrojeció, y cuando soltó el aire sonó como si exhalara un caballo.

—Mi papá me dice que piense en los buenos momentos —dijo, logrando sonreír.

—¿Cómo era vivir en Madrid? —pregunté.

—Estaba bien, supongo —dijo—. Viajábamos mucho, ¿sabes? Luego mi mamá se empezó a sentir mal un día y dejamos de viajar.

—¿Cuándo, ya sabes, se enfermó?

—Pasó tan rápido. Estaba bien el año pasado. Luego se extendió rápidamente y no había nada que hacer.

—Nuestras mamás se conocieron gracias a la comida y la escritura —dije, intentando cambiar el tema.

Carmen sonrió.

—Las dos eran tan jóvenes y creativas, y les interesaba más enfocarse en lo buena que puede ser la comida que en las críticas.

—Mi mamá puede ser muy crítica —dije, y Carmen se rio.

—Sí, supongo que es cierto.

Carmen sacó un paquete de goma de mascar y me ofreció una pieza.

—No, gracias —dije, y al levantar la vista noté que la noche se cerraba rápidamente—. Ya deberíamos irnos —añadí—. Va a oscurecer pronto.

Carmen se levantó. Lo único que rompió nuestro silencio de camino a casa fue el sonido de Carmen mascando. No era molesto ni se escuchaba fuerte, solo que el vecindario estaba muy callado. Pensé cuán diferente sería eso con tantas personas mudándose a Plaza Pipo.

Atravesamos la reja de nuestro complejo y me detuve justo enfrente del departamento de la abuela. Cuando se mudó aquí, mi mamá y mi papá querían darle una unidad más tranquila, lejos de la reja, para que no tuviera que escuchar a todos entrar y salir. Pero la abuela se negó. Ella *quería* ver a todos. Prácticamente cada miembro de la familia hace una parada en lo de la abuela de camino a casa desde el trabajo o la escuela, o lo que sea.

Camino al departamento de Carmen, pasamos el arbusto de floribunda que no había dado botones. Carmen buscó las llaves en su bolsillo.

—Aquí están —dijo, y abrió la puerta.

Llamó a su papá, pero no estaba. Carmen encogió los hombros, encendió las luces y se metió en la cocina.

—¿Quieres quedarte un rato y comer chocolate? —preguntó, abriendo la alacena y sacando una inmensa barra envuelta en papel aluminio.

—Eh, claro. Gracias —dije, preguntándome si no era problema que su papá no estuviera en casa.

—Setenta y dos por ciento de cacao y frambuesas. Es mi debilidad —dijo.

Tomé el pedazo que me ofrecía y prácticamente me lo metí entero en la boca.

—¡Guau! ¡Una mordida monstruosa! Si yo lo hiciera, se me metería chocolate en cada *bracket*.

—Ah, lo siento. Creo que tengo hambre o algo.

—No pidas perdón. Yo podría comer chocolate todo el día si mi papá me dejara.

La sala olía a menta y regaliz, y no estaba seguro de dónde venía. ¿Quizá de una de esas cajas de madera raras que colgaban de una esquina del techo? Tenían hoyitos y se veían como si alguien les hubiera metido hojas secas dentro.

También había unas cuantas fotos colgadas, y una pila de CDs encima del mueble del comedor.

—A mi papá le encantan los CD de jazz —dijo, revisando la colección.

—¿Por qué no descarga la música nada más? —pregunté.

—No sé. Supongo que le gusta meter el CD en el aparato y esperar a que empiece a sonar. Puso los discos en una caja y las subió al avión con todas nuestras fotos y algunas cosas de la casa.

Carmen levantó un marco que había al lado de la colección de CDs de su papá y se lo quedó mirando. Me mostró la foto de sus papás y ella junto al mar.

—Es la misma playa a la que fuimos con ustedes.

—Sí —dijo. Dejó la fotografía en su lugar y me miró de reojo con tristeza—. Entiendo totalmente por qué se lo quieres decir a la abuela.

Tallé los bordes de un florerito que estaba sobre el mueble.

—Pero, ya sabes —dijo Carmen—, no se ha sentido bien últimamente, según me cuenta mi papá.

—Eso no significa que no pueda saber cosas —dije, frustrado.

De pronto, me costaba mucho trabajo estar con Carmen en la misma habitación.

—Me tengo que ir —dije, yendo hacia la puerta—. No quiero que llegue tu papá y nos encuentre aquí solos.

—Tienes razón —dijo.

Salí, cargando el bolso de cuero de Wilfrido. Luego saqué mi máscara y mi traje de Hulk y tiré el bolso en el bote de la basura. Llegué al departamento de la abuela para hablar con ella. A través de la ventana, vi que se había quedado dormida en su sillón reclinable viendo su telenovela favorita: *El comandante y la duquesa*.

Ese programa era una locura. Se trataba de una duquesa inglesa muy rica, con hijos malcriados que fingían quererla, pero en realidad solo querían quitarle su dinero. Pero luego la duquesa se casó con el comandante, un antiguo general del ejército chileno que usaba uniforme todos los días. Uno de los hijos de la duquesa lo mató, pero luego apareció su hermano gemelo, un comandante de la fuerza aérea uruguaya que nadie sabía que existía, y se enamoró de la duquesa. Ahora los hijos estaban conspirando para matarlo también. No sabía más que eso porque no es que yo viera *La duquesa* todo el tiempo.

De cualquier forma, la abuela parecía tan tranquila que odié la idea de estresarla. Aunque no quería admitirlo, tal vez Carmen tenía razón.

Lo que sí necesitaba era hablar con mis mejores amigos. El día siguiente era el último antes de que Mop se fuera de campamento y Bren de vacaciones con su familia a República Dominicana. Ellos sabrían qué hacer. Corrí hasta mi habitación y me dormí temprano para que ese horrible día se acabara al fin.

9

keep calm y dale: un diálogo

AL DÍA SIGUIENTE, Bren nos invita a saltar en su inflable. Tiene unido un tobogán que da directo a la piscina. Cuando hace demasiado calor, nos gusta deslizarnos hasta el agua para refrescarnos un poco. Mop ya está ahí, saltando con Bren.

YO: Oigan, ayer pasó algo horrible.

BREN: ¿Perdiste un brazo?

YO: ¿Qué? No, Bren, mi brazo claramente sigue pegado a mi cuerpo.

BREN: Cierto. Qué bueno, hermano.

YO: ¿Se acuerdan del tipo que hizo una oferta por el terreno junto al restaurante?

MOP: ¿Wilfrido Pipo?

YO: Sí. Está planeando construir un edificio mega gigantesco justo en la calle principal.

MOP: Mi papá me contó. No puedo creer que vaya a tener un cine adentro.

BREN: *¿Qué? ¡Un cine!* Amigo, es lo más *cool* que he oído.

YO: O sea, sí, está padre, pero hay algo muy mal. La Cocina de la Isla no está dentro de sus planes de construcción. Si gana, creo que va a pelear para demoler La Cocina.

Bren da un salto hacia atrás como si acabara de escuchar un disparo.

BREN: Pero, ¿quién se cree que es ese hombre perfectamente bien vestido?

MOP: ¿Por qué gritas?

BREN: ¿No estás escuchando? Están atacando a La Cocina de la Isla. ¡Y es un tipo superelegante que quiere construir un mega edificio último modelo!

MOP: Sería terrible, amigo.

YO: ¡Ya lo sé! Hay gente que trabaja en La Cocina, no solo mi familia. No podemos dejarlos sin trabajo.

BREN: Espera, *bro*. Son cocineros y meseros. Pueden encontrar trabajo donde sea.

Siento cómo me sube la sangre al rostro y de pronto tengo una necesidad incontrolable de atacar a Bren. Mop se da cuenta y se mete entre los dos.

MOP: Bren, esto es malo, ¿sí? Muestra un poco de respeto.

BREN: Ya sé. Es solo que, no sé.

MOP *(inspeccionando el rostro de Bren)*: ¿Estás llorando?

BREN: ¿Qué? No. ¡Ya cállate!

Bren actúa como un idiota cuando algo lo asusta. Su res-

taurante favorito en el mundo es La Cocina de la Isla. La mayoría de los niños quieren fiestas de cumpleaños temáticas en alguna franquicia, pero Bren siempre ha querido el legendario arroz con pollo de la abuela y la famosa agua de menta casera que hay en La Cocina.

BREN: Lo siento, hermano. Es que… ¡No puedo soportar la idea de que quiten La Cocina! ¡El restaurante! Mi patria. O sea, ¡tenemos que hacer algo!

MOP: No empieces a hablar así otra vez.

BREN: ¿Así cómo?

MOP: Como si fueras Pitbull.

BREN: Amigo, no me insultes. Soy de 305, dale. ¡Representar a mi gente!

MOP: Sí te das cuenta de que te oyes como un idiota, ¿verdad?

YO: ¡Oigan! ¡Háganme caso! ¿Qué hago?

Bren aprieta un puño, se golpea el pecho y extiende el brazo para chocar mi puño.

BREN: Lo vamos a lograr, hermano.

MOP: ¿Por qué haces eso?

BREN: ¡Así lo hacemos en La Habana! ¡Peleamos!

MOP: ¡No eres de La Habana! ¡Tu mamá es de Cape Cod y la familia de tu papá viajó en el *Mayflower*!

BREN: Tanto odio no es *cool*, hermano.

MOP: ¿Cómo te enteraste de esto, Arturo?

YO: En la oficina de Wilfrido, con Carmen. Hizo toda una presentación sobre lo bueno que sería el edificio para la zona. Y habló de cómo esto es solo el principio.

MOP: Eso suena ominoso, hermano. ¿Ya le dijiste a tu mamá?

YO: Todavía no.

MOP: ¿Qué dijo Carmen?

YO: Pues, eh… Estaba, eh…

Mop y Bren me miran sospechosamente.

BREN: Amigo, ¿te pusiste lo que te dije que te pusieras para tu cita?

YO: ¡No fue una cita! ¡Estábamos espiando a Wilfrido!

BREN: Mira, hermano, como lo quieras llamar. Misión de espionaje con tu hermana postiza. O cita con una españolita hermosa que tiene un acento adorable.

MOP: Déjalo en paz, Bren. Ya está bastante confundido.

De pronto ya no tenía ganas de brincar.

BREN: Espero informes diarios de tu progreso, Arturo.

MOP: Te voy a dejar mi diccionario jurídico. A lo mejor hay información legal que puedas utilizar para pelear contra Wilfrido. Y, acuérdate, mi papá trabaja en el ayuntamiento. Si necesitas que los ayude en algo, solo tienes que decirlo.

YO: Gracias, amigo.

Bren brinca y habla al mismo tiempo.

BREN: ¡Mientras más detalles, mejor! Sobre todo, si se besan.

YO: ¿Qué?

BREN: ¡Carmen, hermano! Ustedes pasan mucho tiempo juntos.

Bren finge estar bailando con alguien, da un giro e intenta bajar por el tobogán, pero se va de espaldas, rueda hasta una esquina del inflable y se queda atorado. Brincamos hasta él para levantarlo y, cuando finalmente lo ponemos de pie, continúa de inmediato con su historia.

BREN: Ey, solo dile: "Carmen, mi amor, ¡te amo, nena!".

Mop y yo miramos a Bren abrazarse a sí mismo y ladear el cuello, fingiendo besar a alguien.

MOP: Te ves como un zombi intentando comerse su propio cuello.

Bren para y voltea hacia nosotros.

BREN: Arturo, es obvio que Carmen quiere algo contigo... Se la pasa contigo todo el tiempo. Hasta con la abuela. A esta muchacha. Le gustas. Mucho.

YO: Estás loco. Para nada le gusto. Y de todas maneras, aunque le gustara, a mí no me interesa.

Mop y Bren dejan de brincar y se miran el uno al otro.

YO: ¿Qué? ¡No me gusta Carmen! Es solo que... parecería que la gente del vecindario en serio apoya la idea de Wilfrido, ¿saben? ¿Y qué va a pasar con el restaurante si Wilfrido construye su rascacielos masivo?

BREN: Recuerda lo que dice Pitbull: "*Keep calm* y dale".

MOP: No puedo creer que una cita de Pitbull en serio tenga sentido.

BREN: Ah, ¿sí? O sea, sí, ¡claro que lo tiene! ¿Cuál era mi punto?

MOP: Que tienes que seguir adelante sin importar nada. Tienes que pelear creyendo que puedes ganar.

BREN: Como Carmen y tú.

YO: ¿Podrías callarte con lo de Carmen?

BREN: Hecho. Hermano, estamos contigo.

Mop pone los ojos en blanco. Bren no se da cuenta, o finge no darse cuenta. Saca su celular y se mira en la cámara del teléfono.

BREN: Amigos, creo que tendré la barba cerrada para cuando lleguemos al octavo grado.

MOP: ¿Te va a salir barba en tres meses?

BREN: No seas envidioso.

Bren se frota el rostro en silencio y Mop niega con la cabeza.

MOP: A veces me pregunto por qué somos amigos.

Yo sonrío a pesar de todo. Los voy a extrañar cuando se vayan.

Al día siguiente voy a casa de Bren a despedirme. Mop está ahí para pasar el rato mientras sus papás preparan el viaje por carretera hacia el norte.

Bren sale de su habitación vistiendo una guayabera abotonada hasta la mitad del pecho, con una cruz de cristales colgando de una cadena plateada, muy brillante. Parece que salió del alhajero de su mamá. Los papás de Mop por fin lo recogen y se marchan al Campamento de Verano de Exploración de la Naturaleza en el río Withlacoochee, en algún lugar del centro de la Florida. Llega el transporte del aeropuerto a recoger a Bren y me despido. Tengo esa sensación vacía y aplastante de cuando alguien se va y tú te quedas atrás.

10

recetas escondidas

SALÍ DE CASA de Bren y me fui a La Cocina a buscar a mi mamá. Lo primero que dijo Mop fue que debía contarle los planes de Wilfrido a mi mamá, así que tal vez Carmen tenía razón. Llegué al restaurante y Mari dijo que mi mamá se había ido a casa y no iba a regresar. Quizá mi mamá ya lo sabía. No era como si Wilfrido se estuviera escondiendo. El modelo estaba en exhibición frente a la ventana de su local. ¡Cualquiera podía verlo!

Entré a nuestro departamento y vi a mi mamá guardando las compras en la despensa de la cocina.

—¿Mamá? —dije, tratando de llamar su atención.

Sonó su teléfono y, cuando vio el número, se dispuso a contestar.

—Ahora no, Arturo —murmuró—. Por favor, vete a tu cuarto. Necesito tomar esta llamada.

Me dio la espalda y saludó a la persona en el teléfono.

—Sí, hola, Andrew. No, estoy sola. ¿Qué pasa?

Era el papá de Mop. Yo seguí escuchando mientras me alejaba.

—¿Lo hizo? ¿Lo aprobaron? Está bien. Gracias por avisarme.

Mi mamá soltó un largo suspiro y se dio la vuelta, pero antes de que pudiera verme yo ya estaba en mi habitación.

Caminé de un lado a otro intentando descifrar lo que le había dicho el papá de Mop. ¿Qué aprobaron? ¿El plan de Wilfrido Pipo? Me senté en mi escritorio buscando algo con qué distraerme y vi la caja del abuelo. Se me había olvidado. Pero ahí estaba, invitándome a abrirla y olvidar mis problemas.

Cerré la puerta de la habitación y abrí la caja. Hurgando entre las cosas, vacié todo el contenido encima de mi escritorio: un CD, una pila de cartas, algunas plumas, un reloj descompuesto y un sobre doblado que decía en mayúsculas:

PARA ARTURO ZAMORA,
MI QUERIDO NIETO.

LEE ESTO PRIMERO.

¿Qué? Abrí el sobre y saqué la carta del interior. Estaba escrita en español y en inglés. La letra de mi abuelo era muy clara y no desperdiciaba espacios. Cada pulgada de la hoja estaba cubierta de tinta. Empecé a leerla.

Mi querido Arturo:

Sin duda, pronto hablarás inglés mucho mejor que yo, y quizá ¡sin el menor acento! ¿Sabías que ahora tienes cuatro años y puedes hablar español a la perfección?

Qué extraño. A lo mejor era por eso que a veces utilizaba palabras en español cuando las del inglés no podían expresar completamente lo que necesitaba decir. Como el "puro desastre" que estaba pasando con La Cocina. Podía decir una o dos palabras en español a la vez, pero era más difícil expresar oraciones completas seguidas. Y olvídate de pedirme que lo leyera. Leer en español era como ponerme los anteojos gruesos de la abuela y tratar de servir cereal en un tazón. Lo intenté una vez y me mareé tanto que casi me fui de boca contra mis Cocoa Yums.

Entonces, quizá estés leyendo esta carta ya siendo un jovencito y preguntándote qué pretendía tu abuelo al dejarte una caja llena de cartas, música y poesía.

Eh, sí, más o menos, abuelo.

Tal vez estés pensando que tu abuelo estaba un tanto loquito, dejándote muchos papeles que revisar y sobre los cuales meditar. Pues, en lugar de escuchar historias sobre mí de tus padres, o incluso de tu abuela, quería que

> *descubrieras por ti mismo quién fue tu abuelo. Así que esta caja contiene cada detalle de mi viaje: cada reto, fracaso, triunfo y éxito. Empecemos por el principio. Busca en la caja la carta que dice: El amor y la fe.*

¿El amor y la fe? Es lo que había dicho la abuela el otro día. ¿Por qué quería el abuelo empezar por ahí? Desamarré el listón de la pila de cartas y la busqué con cuidado.

EL AMOR Y LA FE

Abrí la carta. ¡También estaba escrita en inglés *y* español! ¿Cuánto tiempo le tomó escribirlas?

> *El gran poeta y patriota cubano José Martí escribió y tradujo muchos libros de poesía y ensayo, tanto en inglés como en español. ¿Sabías que un poema de José Martí inspiró una canción muy famosa llamada "Guantanamera"? ¿Y que un joven compuso una versión que se volvió un éxito a nivel mundial? Es la canción más famosa de Cuba. ¡Probablemente una de las canciones más famosas del mundo! ¿Ves? Un hombre joven tiene el poder de hacer grandes cosas. Se trata de creer. Y lo más importante, se trata de*

"Amor", dije en voz alta. Ni siquiera tuve que mirar la hoja para saber lo que había escrito.

amor. Amor es que dos espíritus se conozcan, se acaricien, se confundan, se ayuden a levantarse de la tierra. Nace en dos con el regocijo de mirarse, alienta con la necesidad de verse. ¡Concluye con la imposibilidad de desunirse! No es torrente, es arroyo; no es hoguera, es llama; no es ímpetu, es paz.

¿Cómo?

Eso es lo que José Martí escribió del amor. No te preocupes si no lo entiendes ahora. Guarda la carta en tu caja y relee estas palabras de vez en cuando. Empezarán a cobrar sentido conforme las vuelvas a leer. A mí me tomó años comprender la verdadera profundidad de las palabras de Martí, pero al fin las entendí.

Aprendí que no importa nada de lo que perdí físicamente en ese viaje de un país a otro. Mi historia nunca cambió porque tu abuela estaba conmigo. Al igual que tu madre y tus tíos. Yo los tenía a ti y a tus primos cerca de mi corazón. Me acompañaban mi hermana, la tía abuela Josefina, y sus hijos. Teníamos primos hermanos y primos segundos, e incluso de tercer grado, con nosotros. Uno a uno, nuestra familia se unió en esta nueva tierra.

¡Los Zamora peleamos! Peleamos por lo que creemos. Peleamos por la familia. Peleamos

para conservar nuestro sentido de hogar. Peleamos por ser justos e imparciales, y sobre todo peleamos por el amor. No existe exilio ni enfermedad que pueda vencernos. El amor es invencible.

El resto de las cartas tienen fecha. Te contarán mi historia en orden. Léelas y aprende del pasado. Acuérdate de ser audaz, mi Arturo. ¡Vive! Enamórate. Encuentra tu voz. Encuentra tu historia. Y recuerda: a veces, las respuestas que necesitas en la vida se esconden en los versos.

Tu abuelo,
Arturo Miguel Zamora

No pude resistir la tentación de abrir otra carta. La que estaba marcada *1972* contaba la historia del abuelo en Cuba, trabajando como taxista. Recorría el famoso malecón que bordeaba todo el barrio del Vedado, en La Habana, paseando turistas de Europa y Canadá por los lugares de interés: el museo, el palacio, las calles empedradas que llevaban a la Universidad de La Habana, y los cabarets como el Tropicana. Escribió que no importaba el calor, que el sonido del océano golpeando las paredes del malecón era suficiente para refrescarte. Luego un día vio a una joven mujer cargando varias bolsas de ropa para lavandería en una calle vacía cerca del malecón. Detuvo el taxi y le preguntó si quería que la llevara. Al principio, la joven no quiso aceptar, así que el abuelo estacionó el taxi y se ofreció a cargar la ropa a donde tuviera que ir.

Pero ella dijo que no necesitaba ayuda. ¡Me seguía diciendo que me fuera! Me volví a subir al taxi y manejé a su lado mientras ella caminaba. Se detuvo, me miró y dijo que, si no la dejaba en paz, ¡me iba a perseguir con un machete! Era la mujer más brava y hermosa que había conocido en mi vida. Me disculpé y la dejé tranquila. En otra ocasión predestinada, manejaba por el mismo vecindario cuando cayó una terrible tormenta que barrió las calles, y tu abuela quedó atrapada en medio del temporal. A veces las tempestades salen de la nada en Cuba. ¡Es la vida de la isla! La vi guarecida en la entrada de un edificio cerrado. La lluvia golpeaba de lado con cada ráfaga de viento. ¡Tanto ella como su ropa limpia estaban empapadas! Le dije que podía meterse en mi taxi con la ropa y yo esperaría afuera hasta que dejara de llover. Finalmente aceptó. Le di las llaves del taxi y esperó adentro hasta que amainó la tormenta. Así conocí y me enamoré de tu abuela.

Sin pensarlo dos veces, dejé la carta y abrí mi computadora. Me metí en Twitter y escribí *Carmen Sánchez* en el buscador. Una foto con un corazón dibujado en la arena salió junto al alias @CARSAN2121. Vi que ese usuario era de Madrid y amaba la playa, la ciencia ficción y la poesía. Tenía que ser Carmen, así que le envié un mensaje.

@ARTZAM3: hola, eres tú, carmen? soy yo, arturo.

Cada segundo se sentía como una hora. Nada. Mandarle un mensaje fue una idea tonta. ¿Y si no era ella? Iba a cerrar la pantalla cuando entró un mensaje.

@CARSAN2121: hola, arturo!

Instantáneamente me sentí aliviado de que no fuera una extraña cualquiera.

@ARTZAM3: ey, qué onda?

@CARSAN2121: pues nada. oye, perdón por lo de hace rato.

@ARTZAM3: no pasa nada.

@CARSAN2121: investigué un poco sobre wilfrido pipo. creo que encontré algo.

@ARTZAM3: ?

@CARSAN2121: nos vemos cuando termine tu turno en el restaurante?

@ARTZAM3: vale.

@CARSAN2121: vale, mi papá está ahorita en la casa. me tengo que ir. *bye*. ns vms. :) xoxo.

Carmen se desconectó, pero yo seguí con la mirada fija en la pantalla. Esas *x* y esas *o* no significaban nada. ¿O sí? Miré la caja del abuelo y pensé en la primera vez que vio a la abuela. Él no se dio por vencido. Eso es lo que iba a hacer yo: demostrarle a Carmen que no me rendiría. ¡Iba a salvar el restaurante!

11

agregar mucho más

DESPUÉS DE MI turno de lavaplatos al día siguiente, esperé pacientemente a que Carmen llegara a La Cocina. Me senté en una de las mesas vacías del fondo y observé a los comensales terminar su almuerzo y continuar con su día. Desde donde estaba sentado podía escuchar algunas conversaciones. Todos hablaban de lo emocionante que sería el nuevo edificio.

—¿Puedes creer el gimnasio que va a tener? —dijo la señorita Prado, una mujer que se ponía demasiado maquillaje y al parecer siempre usaba ropa para hacer ejercicio.

—¡Va a ser fantáaasssticooo! —dijo su amiga.

Siempre pensé que esas mujeres eran muy chistosas y me gustaba que fueran a comer al restaurante después de hacer ejercicio, pero ahora me molestaba lo fuerte que estaban hablando. Dos tipos que trabajaban en el banco de la esquina se inclinaron hacia la mesa de las mujeres para unirse a la conversación.

—Oye, ¿pero viste que va a haber una piscina en el techo *y otra* en el segundo piso? ¡Qué chévere es eso!

—Lo sé. Definitivamente voy a comprar un departamento ahí.

—¡Claro! Es una inversión perfecta.

Quedé impactado cuando escuché hablar a Annabelle y George.

—Y si en lugar de comprar una casa, ¿buscamos un departamento en el nuevo edificio?

—¡¿Qué?! —grité accidentalmente en voz alta.

Annabelle y George se voltearon, pero me había escondido tras un menú para que no pudieran verme.

No podía creer que la gente estuviera comiendo en La Cocina, disfrutando de nuestra comida, y al mismo tiempo hablara de lo genial que iba a ser Plaza Pipo. ¿No se daban cuenta de que si se construía la Plaza Pipo ya no iba a existir La Cocina? A lo mejor no habían registrado que La Cocina no estaba en los planes de Pipo.

Se abrió la puerta y Carmen entró con la abuela, algo que yo no esperaba. Las conversaciones se interrumpieron. Fue como si las más de cuarenta personas en el restaurante dejaran de hablar al mismo tiempo. Eso no impidió que la abuela fuera la abuela. Tomó a Carmen de la mano y saludó a varias personas en distintas mesas, presentando a Carmen. La abuela acariciaba su cabello mientras explicaba quién era, y Carmen aceptaba amablemente los halagos de los comensales. Sentí una ligera oleada de calor en las mejillas cuando la vi sonreír, pero probablemente era que todavía tenía calor después de cinco horas en la cocina.

La tía Tuti seguía a la abuela muy nerviosa, como una gallina recogiendo semillas. Le decía: "Mami, siéntese", pero la abuela no se quería sentar. Saludar a los clientes era lo que más le gustaba a mi abuela, además de cocinar y estar con la familia. Carmen escaneó el restaurante y me vio sentado en el rincón. Empezó a caminar hacia mí sonriendo, y sus *brackets* de colores iluminaron el lugar. Su sonrisa era casi demasiado brillante, así que bajé los ojos al mantel y empecé a inspeccionar los cubiertos, buscando cualquier mancha.

—¿Qué tal tu turno? —preguntó—. ¿Bien?

—Sí —dije—. Ojalá Martín no usara Mira Bro. Es asqueroso estar oliendo ese apestoso desodorante mezclado con olor a comida y platos sucios durante cinco horas.

—Me lo imagino. Oye, como te dije, investigué un poco más y mira lo que encontré.

Carmen abrió algo en su teléfono y me lo mostró. Se trataba de un artículo de un periódico local del norte de la Florida sobre una palabra que nunca antes había escuchado: *gentrificación*.

—¿Qué significa esa palabra? —le pregunté a Carmen.

—Es cuando la gente rica llega a un vecindario para promover desarrollos que incrementen su valor. Por lo general acaban desplazando gente y negocios que llevan ahí mucho tiempo.

—¿Crees que eso es lo que está haciendo Wilfrido?

—Es lo que ha estado haciendo en varios lugares —dijo—. Baja la página.... ¿Ves?

Aparentemente, Wilfrido Pipo ya había construido otros

edificios de lujo en ciudades costeras por todo el país. Todos se veían exactamente iguales al que proponía en Canal Grove.

—Guau, tiene como diez edificios más.

—Sí, y eso no es lo peor. Mira esto —dijo, señalando una página.

SOLICITUD DE PROPUESTAS PARA
LA COMPRA Y EL DESARROLLO
DE PROPIEDADES PÚBLICAS

Era la misma clase de propuesta que mi mamá había hecho para la expansión. Pero esta era nueva. Era una solicitud para la compra del terreno junto al estacionamiento. El terreno donde estaba La Cocina. Seguí leyendo con la boca totalmente seca. En la propuesta para la concesión de la propiedad estaba el nombre de Wilfrido Pipo.

—¿Cómo puede hacer algo así! —Carmen gritó tan fuerte que asustó al señor Michaels, el dueño de Libros y Más Libros. Casi se escupe el ceviche encima.

—Perdón —dijo Carmen, ofreciéndole una servilleta.

—Seguro que de eso hablaba mi mamá por teléfono con el papá de Mop.

—Pero necesitan aprobarlo. La ciudad tiene que decir que sí.

—Sí —dije, y me di cuenta de que no había visto al comisionado García en La Cocina almorzando con su personal—. No sé. Algo no está bien.

La abuela arrastró los pies lentamente hasta nuestra mesa, cargando dos vasos grandes llenos hasta el borde con batidos espesos color naranja.

—Dos batidos de mango —dijo, entregándonos los vasos adornados con pequeñas rebanadas de mango.

—Gracias, abuela —dije. Me moví con incomodidad en la silla, como si literalmente hubiera estado sentado encima de todos los secretos que le estaba ocultando. Sonrió y me indicó que tomara del batido, pero no pude. Ya no podía guardarme las cosas.

No estoy orgulloso de lo que pasó después. Fue como destapar una olla de presión antes de que el silbido indicara que ya era tiempo de abrirla. Carmen intervenía, ansiosa, cada vez que yo me detenía para respirar.

La abuela se quedó callada durante mucho tiempo. Acarició su bufanda de seda, y por momentos parecía que iba a hablar y sacarme finalmente de mi miseria. Carmen la miraba fijamente, como un chef pastelero esparciendo delicadamente coco rallado sobre un glaseado de chocolate blanco. Con cuidado. Concentrada. Determinada.

La abuela torció los labios en una sonrisa y al fin rompió el silencio.

—Son un buen equipo —dijo, señalándome a mí y después a Carmen. Algo en lo que acababa de decir la abuela sobre Carmen y yo me hizo pensar en la carta del abuelo. ¿Cuándo se empezaron a creer un buen equipo ellos dos? Sacudí la cabeza e intenté seguir atento.

—Abuela, ¿qué hacemos? —pregunté.

—Habla con tu mamá, Arturo.

Intenté decirle que hablar con mi mamá no tenía caso. Estaba muy ocupada y probablemente solo diría que “siguiéramos trabajando como siempre”.

—¡Abuela, podríamos perder el restaurante!

Se quedó seria un instante y luego miró a Carmen de nuevo.

—Arturo, ¿te dije cómo nos conocimos tu abuelo y yo?

—Sí, abuela —contesté, preguntándome por qué sacaba ese tema.

—Pero —dijo—, ¿sabes qué pasó después?

No sabía qué había pasado luego de que se conocieran porque todavía no había leído las demás cartas. Carmen le pidió que contara la historia y yo empecé a perder la paciencia. ¡No era el momento para historias familiares! Pero sabía que no era buena idea interrumpir a la abuela, así que cerré la boca mientras tamborileaba con los dedos debajo de la mesa.

La abuela nos contó que después de una primera cita con el abuelo se volvieron inseparables. El abuelo la recogía en la lavandería y doblaban juntos la ropa de toda su familia. Después se iban en el taxi hasta la casa de la abuela, donde vivían su mamá, su abuela, sus tíos y sus primos.

—Y después —dijo— cocinaba una cena para él.

Cada vez que la dejaba en su casa, la abuela cocinaba para él. Resulta que su casa era un poco inusual. Su familia tenía un paladar, que es una especie de restaurante dentro de una casa. Gente de toda la ciudad, y muchos extranjeros, iban a visitar el paladar de su familia. La abuela era una de las mejores cocineras. ¡Y solo tenía veinte años!

—Pero tu abuelo no era un buen cocinero. —La abuela rio.

Recordé la vez en que me contó que el abuelo había quemado la carne. Él ayudaba en el paladar sirviendo a los clientes, lavando platos y saludando a la gente mientras el resto de la familia de la abuela ayudaba en lo que podían. Sonaba muy parecido a lo que pasaba en La Cocina ahora.

—Nos divertimos mucho —dijo.

Un año después de conocerse, mis abuelos se casaron. Ella sonrió y sacó mi mano de debajo de la mesa.

—Lo más importante —dijo tomándome la mano— son el amor y la fe.

Pero el amor y la fe no iban a salvar al restaurante. Lo que necesitábamos era un plan. Necesitábamos reunir a la familia. Necesitábamos que la comunidad se involucrara. ¿Por qué la abuela no lo entendía?

—Lo sé, abuela, pero el restaurante... El vecindario... Tenemos que pelear.

—Arturo —dijo, mirándome con sus ojos gris azulado—, hay mucho más que eso.

Se levantó y dijo que se quería ir a la casa porque estaba cansada. Antes de marcharnos, la abuela se despidió de cada uno de los clientes en el restaurante, a su manera: tocando mejillas, acariciando el cabello y apretando hombros.

Recorrimos el pasillo de camino a la cocina y se detuvo frente a la pared de fotografías. Señaló una del abuelo y ella, donde él llevaba un delantal y un gorro bajo el que sobresalían sus orejas. Era más bajo que la abuela, pero se notaba que se sentía el hombre más alto del mundo. De pie en el primer restaurante que tuvieron juntos, sonreía con orgullo junto a la abuela y su bandeja de arroz con mariscos.

La abuela tosió más de lo usual de camino a casa. Bajamos el paso, pero eso no pareció ayudar en nada. Para cuando llegamos, a la abuela realmente le costaba respirar.

—Llevémosla adentro —dije, y le entregué a Carmen las llaves. Abrió la puerta de prisa y nos golpeó una bocanada de aire acondicionado en la cara.

Llevé a la abuela a su cama.

—¿Abuela? ¿Estás bien?

—Agua, por favor. Un poco de agua —dijo tosiendo.

Carmen corrió a la cocina y trajo agua mientras yo marcaba el número de mi mamá.

—Mamá —dije cuando Carmen levantaba suavemente a la abuela y llevaba el vaso a su boca—, la abuela no deja de toser… *Ok*… *Ok*.

Colgué y le masajeé la espalda a la abuela con movimientos pausados, como me dijo mi mamá. La tos se empezó a calmar, pero mi corazón se aceleró. *Tienes que estar bien. Tienes que estar bien.* Era lo único en mi mente. La abuela cerró los ojos, contuvo la respiración y se quedó quieta.

—¿Abuela? ¡Abuela! —grité. Se giró finalmente hacia mí. Se veía mareada.

—Estoy bien, mi amor —dijo, tomando el vaso de agua lentamente.

Se recostó. Quise tomar la palma de su mano al mismo tiempo que Carmen, y nos tocamos. Antes de que pudiera retirar el brazo, la abuela cerró la mano de Carmen sobre la mía mientras su respiración volvía a la normalidad.

12

detrás de una sonrisa y un buen servicio

MI MAMÁ ENTRÓ corriendo a la habitación de la abuela, todavía con su bata de chef. Le dio un poco de medicina, tomó su pulso y nos sacó del cuarto para que pudiera descansar. Nos quedamos en la sala sin decir una palabra. Yo sabía que mi mamá estaba muy preocupada.

—¿Mamá? —dije, acercándome a ella.

—¿Sí?

Por segunda vez en ese día, saqué todo. Le conté a mi mamá la historia completa. Que habíamos ido a la oficina de Wilfrido. Que La Cocina no estaba incluida en el plan de su edificio. Que la gente estaba entusiasmada con Plaza Pipo. Que descubrimos que Wilfrido solicitó al ayuntamiento el terreno del restaurante. Le dije todo. Todo.

—¿Y compartiste esta información con la abuela? —preguntó.

Asentí.

Hubo un largo silencio antes de que mi mamá se dirigiera a Carmen.

—¿Carmen, nos puedes dar un minuto? —Apretó la boca y me miró con una expresión que decía: "Solo espérate a que Carmen se vaya".

Carmen asintió y se excusó. Yo me esperé lo peor mientras mi mamá caminaba de un lado a otro de la sala.

—Arturo, sabes que la abuela tiene una enfermedad que le afecta los pulmones —dijo.

—Sí.

—Necesita limitar su actividad y sus emociones.

—Solo pensé que, ya sabes, como tantas personas la quieren, tal vez podría convencer a la gente de que voten en contra de Wilfrido.

Mi mamá exhaló profundamente.

—Arturo, si vamos por ahí actuando como si estuviéramos desesperados por ganar el favor de la comunidad, entonces sí vamos a fallar.

—¿De eso estabas hablando con el papá de Mop?

—¿Qué? —Mi mamá dejó de caminar y me miró detenidamente.

—Te escuché hablar con el señor Darzy. ¿Sabías que Wilfrido pidió tomar nuestro contrato una vez que termine?

—Arturo, la ciudad es dueña de la propiedad. Y los miembros del consejo van a votar.

—¡No es justo!

—Es democrático, Arturo. Así funciona el gobierno.

—Pero tenemos que hacer algo —dije, subiendo la voz.

—Estamos haciendo todo lo que podemos.

—¡No estamos haciendo lo suficiente!

Me quedé callado un segundo, sintiendo cómo se me tensaban los labios y mis cejas se unían.

—Tienes razón —concedió finalmente. Tocó mi rostro queriendo calmar la ira que sentía—. Convoquemos a la familia.

Asentí, ya más tranquilo.

—¿Cuándo? —pregunté.

—Ahora.

Sin decir otra palabra, mi mamá sacó su teléfono y empezó a escribir sin parar. Teníamos un chat de la familia, en particular por diversión, pero también para concretar reuniones. Su teléfono sonó como loco y prácticamente podías escuchar el nerviosismo que entraba con cada timbre.

—Vamos, Arturo. Nos vamos a ver en el jardín.

Uno por uno, los miembros de mi familia salieron de sus departamentos y llegaron al centro del jardín. Yolanda y Mari discutían por un libro que Mari le había pedido prestado a Yolanda, pero no había devuelto, y Brian pensó que sería una buena idea traer sus bocinas a una reunión *familiar*. Nadie tenía ganas de escuchar a Flo Rida rapeando de fondo y todos se lo dijimos. Carmen salió con su papá y me saludó. Vanessa estaba en casa de una amiga y mandó muchos textos pidiéndonos que esperáramos hasta que llegara. Mi mamá no quería esperar, así que Vanessa me llamó por FaceTime y estuvo presente por videoconferencia.

—¿Hola? —dijo cuando el video se empató con su voz—. Arturo, voltea la cámara para que pueda ver a todos.

Yo podía ver a Vanessa en la pantalla sacando una hoja de papel.

—Tomaré minutas de la junta —dijo Vanessa por el teléfono—. Arturo, ¿puedes acercar un poco el teléfono a los demás? Así está perfecto. Gracias.

Mi mamá sacudió la cabeza y empezó.

—Sé que no todos están aquí.

Algunos primos seguían en el restaurante.

—Tomé nota de quién falta, tía —dijo Vanessa.

—Gracias, mi amor —dijo mi mamá, y continuó—. Creo que vamos a empezar y el resto puede leer las notas de Vanessa después.

—¿De qué tenemos que hablar, Cari? ¿Del arte de dejar las cosas como están y no defendernos?

—No, Tuti, vamos a hacer algo.

—¡Finalmente!

—Deberías ver cuántos seguidores tiene Plaza Pipo en Instagram —exclamó Yolanda—. ¡Y apenas creó la cuenta hoy!

—Pero tú también lo estás siguiendo —señaló Mari.

—Lo sigo porque quiero ver qué se trae entre manos, ¿sí? —Mari y Yolanda discutieron un rato y otros sumaron su opinión poco después.

El tío Carlos hablaba mientras intentaba impedir que mis primos, los gemelos Benny y Brad, se le treparan hasta la cabeza, y mecía el coche con sus otras gemelas, Brittany y Brianna.

—Deberíamos haber propuesto construir una guardería en el terreno —dijo—. Wilfrido no tiene una. Podríamos cuidar a todos los niños del vecindario.

—La mitad de los niños del vecindario son tuyos, Carlos. —La tía Tuti podía ser realmente insensible a veces.

—¿Sabes cuál es la probabilidad de tener dos pares de mellizos, Tuti? Una en tres mil. Una. En tres mil.

—Hubieras jugado a la lotería después de que nacieron las niñas.

—Lo hice. No le atiné ni a un número.

—Bueno, ya no sigas jugando a la lotería de tener hijos, ¿*ok*? La cantidad de departamentos en este complejo es limitada.

El tío Carlos era el hijo menor de la abuela y trabajaba como contador desde casa. Su esposa, mi tía Mirta, era abogada y trabajaba para el Departamento del Estado, así que viajaba mucho (por eso a veces se perdía la cena de los domingos). Como contador, el tío Carlos se ocupaba de los impuestos de la familia y de La Cocina entre siestas y cambios de pañales.

—Cari, necesitamos empezar una guerra contra este hombre excesivamente perfumado —dijo Tuti, regresando al tema—. ¡Guerra!

—No vamos a hacer nada de eso, Tuti.

—Entonces, ¿qué vamos a hacer?

—Tenemos que asegurarnos de hacer todo lo mejor posible. Todos hagan su trabajo con un poco más de atención. Que nada salga mal. El consejo votará sobre las dos propuestas en dos semanas y media.

Eso captó la atención de todos. Yolanda y Mari dijeron que mejorarían su servicio. Brian dijo que las bebidas serían extradulces. Los cocineros dijeron que la comida tendría más sabor. Todos decidimos que la música de fondo sería como en los viejos tiempos, cuando recién se abrió el restaurante diecinueve años atrás: Beny Moré, Celia Cruz y Tito Puente. Mi papá juró hacer un letrero especial para colgar afuera del restaurante. Diría que celebrábamos casi dos décadas y contando.

—Que parezca que no vamos a irnos a ninguna parte —dijo mi mamá.

—Cari, hacer letreritos bonitos y mejorar el servicio está muy bien, pero esto es más grande que todo eso —dijo la tía Tuti—. Wilfrido Pipo nos quiere quitar del camino. ¡Tenemos que pelear, y pelear en grande!

—¿Y qué propones, Tuti? ¿Sacamos las metralletas? ¿O las espadas chinas?

—¡Es mejor que esconderse detrás de sonrisas y un mejor servicio!

—Somos un negocio familiar y el vecindario nos ama. Ser todavía más atentos les recordará qué tan especial es este lugar. Es el toque correcto.

El resto de la familia estuvo de acuerdo con el plan, excepto la tía Tuti, que quería tomar medidas más extremas, como golpear cazuelas afuera de la oficina de Wilfrido a todas horas del día.

Después de la reunión, todos regresaron a sus departamentos. Mi mamá y la tía Tuti se fueron a la casa de la abuela para ver cómo seguía. Yo me despedí de Vanessa y colgué. Me sentía raro. Me daba gusto que mi familia pensara en mejorar, pero no estaba seguro de que fuera suficiente.

13

JEZCOM 5

PASAMOS LA SIGUIENTE semana en alerta máxima. Todos trabajaron más duro para dar la mejor impresión posible. Yo lavaba platos una y otra vez, y Martín me gritó un par de veces porque me estaba tardando demasiado en pasar las rejillas de platos por El Monstruo. Sentíamos que los comensales estaban respondiendo a nuestro nuevo nivel de servicio. Enviábamos croquetas de queso de cabra con mermelada de higo gratis a cada persona que venía a comer. Mi mamá les ordenó a los meseros que dijeran que era una muestra de agradecimiento de parte de mi abuela. Brian preparó agua de menta y la vertió en unas increíbles jarras de cerámica que decían *Agua* en cursivas. Cada mesa tenía una jarra de agua fresca. Todos estábamos siguiendo el plan y el restaurante hervía de gente.

Solo faltaba la abuela. Mi mamá, la tía Tuti y el tío Carlos insistieron en que se quedara en casa para que pudiera tomar la medicina y descansar. Pero eso implicaba que todos intentáramos llenar el restaurante con la esencia de la abuela, a quien nuestros clientes amaban incluso más que a su comida.

Añadimos más especiales, extendimos el menú de la comida hasta la noche, algo que algunos de nuestros clientes habituales habían pedido en el pasado. El comisionado García finalmente regresó al restaurante y estaba particularmente complacido cuando se enteró de que podía comer su sándwich cubano favorito también en la cena. Conforme transcurría la semana nos empezamos a sentir realmente bien sobre el voto.

Pero todo reventó el viernes en la mañana.

La tía Tuti entró en un pánico total. Caminaba por todo el restaurante con el periódico en la mano, ignorando a los clientes que esperaban mesa para comer.

—¡Mira esto! ¡Mira… esto!

La tía Tuti prácticamente estampó el *Tropical Tribune* en la cara de mi mamá. Los ojos de mi mamá brincaban de izquierda a derecha mientras leía, y después de un minuto se quedó helada mirando a la tía Tuti. En ese momento se notó alarmada. Pero de inmediato reemplazó su expresión por lo que parecía una calma completamente falsa.

—Tuti, en este momento necesitas hacer tu trabajo y no ponerte histérica.

—Hist…

—Sí, Tuti, histérica. Contrólate y ve a hacer tu trabajo. Vamos a ver qué hacemos después de la comida. Mantén la calma. Necesito que mi hermana sea fuerte. ¿Sí?

Tuti asintió en silencio. Era la primera vez en mi vida que no veía a la tía Tuti hacerle caras a mi mamá cuando le ordenaba hacer algo. La tía Tuti regresó a su puesto para recibir a los clientes.

—¡Hola! Perdón por la espera. Adelante. Les daré una mesa perfecta. —La tía Tuti tomó dos menús y llevó a una pareja que no reconocí hasta una mesa cerca de la ventana. Miraban La Cocina como si fuera la primera vez que hubieran entrado. ¿Tal vez se acababan de mudar al vecindario?

La tía Tuti regresó al podio de la recepción y sacó su teléfono. Escribía a mil millas por hora. Tenía los labios apretados mientras miraba fijamente la pantalla. Cuando se abrió la puerta, levantó la vista y devolvió a su rostro una inmensa sonrisa para sentar a otro cliente. La tía Tuti realmente estaba intentando ser fuerte. Pero, ¿por qué mi mamá necesitaba que lo fuera?

Mi mamá ya se había metido en su oficina y había dejado el periódico en la barra. Pensé que no había moros en la costa cuando lo tomé, pero Martín me miró feo y me ladró que volviera al trabajo. Escaneé rápidamente la página. No era un artículo, solo algo que parecía un anuncio de media página.

PLAZA PIPO CELEBRA
A LA COMUNIDAD CON

¡EL FESTIVAL DE LAS ESTRELLAS!

COMIDA GRATIS, BAILE Y REGALOS
PARA LOS RESIDENTES

SOLO EL PRIMER EVENTO DE MUCHOS
CORTESÍA DE PLAZA PIPO

BIENES RAÍCES WILFRIDO PIPO, LLC

SÁBADO, 11 A.M. - 8 P.M.
EN LA ESQUINA DE LA CALLE PRINCIPAL

¡NOS VEMOS!

—Wilfrido Pipo va a hacer un festival para promover Plaza Pipo —dije, mostrándole el anuncio a Martín—. ¡Y la ciudad vota en dos semanas!

Martín se quedó callado por un momento antes de tirar el periódico a la basura y gritarme que me pusiera a trabajar.

Me ajusté el delantal, molesto. Trabajar con Martín era como intentar meter un búfalo necio en un corral. Imposible. Revisó su teléfono y debió de ver el millón de mensajes que envió la tía Tuti al chat de la familia sobre el festival porque arrugó la cara y pateó el bote de basura. Dijo el nombre de Wilfrido y una muy mala palabra que no puedo repetir. Este iba a ser un turno muy divertido.

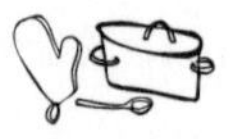

Para cuando colgué mi delantal, me latía la cabeza. Resulta que cuando Martín se enoja de verdad —sí, todo lo que había visto hasta ese momento era su versión risueña— le gusta poner *death metal* a todo volumen. Tenía el camino libre hasta la puerta de entrada y me escapé antes de que nadie pudiera detenerme para hablar. Ahí apareció mi mamá y bloqueó mi camino hacia la libertad.

—Ven conmigo —dijo, quitándose la bata de chef y la gorra de béisbol de La Cocina de la Isla.

—¿Adónde vamos?

—A la oficina de Wilfrido Pipo. Va a dar un almuerzo para los negocios locales.

—¿Nos invitó? —pregunté, siguiendo a mi mamá hasta la calle.

—No —dijo, caminando rápidamente desde el callejón hasta la calle principal.

Yo no sabía qué decir, así que solo la seguí.

Había banderines colgando del techo en la oficina de Wilfrido y la gente golpeaba juguetonamente los globos dorados y plateados atados a sus sillas. Busqué por todo el lugar el modelo del vecindario, pero lo habían reemplazado con una imagen de Photoshop de Plaza Pipo en la pared.

—El modelo ya no está —dije—. Lo tenían junto a la ventana.

Dulce Domínguez, la dueña de Two Scoops, mordió un bocadillo que parecía tener caviar rojo encima. El señor Michaels revisó sospechosamente una albóndiga y decidió que no se la comería. Chuchi Flores, dueña de la tienda de ropa que había al final de la calle, tomó agua mineral roja mientras conversaba animadamente con Estelle Anderson, dueña de la tienda de antigüedades que había junto al local de Chuchi.

—El festival va a atraer mucha gente este fin de semana —dijo Estelle—. Ya les dije a mis empleados que estén listos.

—¡Es estupendo para la comunidad! —dijo Chuchi, dando un largo trago a su champaña.

—Y para los negocios locales —dijo Wilfrido Pipo. Salió de atrás de una puerta. Vestía un traje azul claro con camisa rosa y lentes de sol.

—Oh, es la mamá de La Cocina con su hijo. Qué amable de su parte asistir a nuestra pequeña reunión. —Wilfrido sonrió ampliamente y caminó en nuestra dirección.

—Al parecer, no recibimos una invitación —dijo mi mamá, fingiendo una sonrisa.

—Qué chistoso, era para todos los negocios locales del vecindario. Le diré a mi asistente que lo investigue.

—Bueno, ya estamos aquí ahora —dijo mi mamá.

—¡Espero que el restaurante pueda seguir funcionando sin su chef estrella! —Wilfrido lo dijo fuerte a propósito, para que todos lo escucharan.

—El restaurante funciona perfectamente bien, aun si no estoy —dijo mi mamá sin quitarle los ojos de encima a Wilfrido.

—Excelente —dijo Wilfrido, entregándole una copa de champaña a mi mamá—. ¡Brindemos por los nuevos comienzos!

Mi mamá tomó la copa y los demás dueños la miraron con detenimiento. Ella sonrió y la levantó.

—Por los negocios de esta comunidad —dijo—. Gracias por hacer de Canal Grove lo que es.

—¡Salud! —declaró el señor Michaels—. Y por La Cocina, ¡que es el cimiento!

Pronto se le unió el resto de la concurrencia.

Wilfrido levantó su copa y bebió un rápido sorbo.

—¡Hagamos el sorteo! ¡Vamos a regalar un fin de semana en el Caribe para dos personas con todo pago! —Pasó por todo el lugar con un tazón lleno de tarjetas de negocios—. En realidad, ¿por qué no elijo a dos ganadores diferentes? ¡Así cuatro de ustedes pueden ir!

Wilfrido no se esperó a que nadie contestara. Metió la mano y sacó la primera tarjeta de negocios.

—¡Chuchi Flores!

A Chuchi se le cayó la mandíbula y Estelle empezó a aplaudir emocionada. Todos estaban cada vez más nerviosos y emocionados mientras Wilfrido los contemplaba. Miró a mi mamá y le ofreció el tazón.

—¿Quiere elegir al siguiente ganador, chef? —preguntó.

Enrique Surmallo, el artista dueño de una galería de arte cerca de La Cocina, se acercó a mi mamá.

—No te preocupes, Cari —dijo—. Tú eres parte de esta comunidad, al igual que todos.

—¡Exactamente! —dijo Wilfrido, extendiéndole el tazón—. Es solo para divertirnos.

Mi mamá dudó.

—No lo hagas, mamá —dije—. Recuerda por qué estamos aquí. El festival.

—¿Cómo lograste que te aprobaran un festival en tan poco tiempo? —preguntó mi mamá, alejando el tazón.

—El comisionado García es tan amable. Le encanta el golf, igual que a mí.

Mi mamá miró intensamente a Wilfrido, pero él no se inmutó. De hecho, su sonrisa creció. Su asistente apareció a su lado y tomó fotos con su teléfono, escribiendo velozmente después de cada toma.

—Claudio es mi extraordinario asistente —dijo—. Sube fotos de todos nuestros eventos. ¡Tomemos un selfi!

Antes de que mi mamá pudiera reaccionar, Wilfrido

pasó un brazo alrededor de ella y tomó una foto. Luego le devolvió el teléfono a su asistente.

—La descripción debe decir: "¡La chef Caridad y Wilfrido en el almuerzo de los negocios locales a favor de Plaza Pipo! Trabajando juntos".

Claudio tecleó y subió la fotografía. Luego se fue a tomar una de Chuchi frente al letrero con la información del sorteo. Mi mamá me miró y me indicó que nos fuéramos.

—Anda —dijo mi mamá.

—Bueno, por lo menos echa tu tarjeta de negocios en el tazón, chef —dijo Wilfrido.

—No, gracias —contestó. Se dirigió a todos y logró dibujar una sonrisa—. Fue bueno verlos.

Salimos de la oficina en dirección al restaurante. Mi mamá sacó su teléfono y empezó a escribir.

> Nos vemos en el restaurante hoy, antes de abrir para la cena. JEZ.

Con eso, su teléfono empezó a sonar como loco. Dos juntas familiares en una semana… ¿y esta era ahora una Junta de Emergencia Zamora? La última vez que tuvimos una JEZ la abuela estaba en el hospital por tercera vez en tres meses y se decidió que ya no cocinaría la cena los domingos. Una JEZ no era una buena señal. Me imagino el arranque de histeria de la tía Tuti en La Cocina. Vi que mi mamá fruncía el ceño. Tal vez ahora sí sacáramos las metralletas y las espadas chinas.

14

¿qué haría el abuelo?

MI MAMÁ Y yo volvimos al restaurante y esperamos a que llegara el resto de la familia. Estábamos entre los turnos del almuerzo y cena, así que el lugar estaba vacío, excepto por algunos cocineros que preparaban el servicio de la cena. Mi mamá revisó su teléfono un par de veces y luego llamó a mi papá.

—Aparentemente se encontró con el comisionado García, y él aprobó el festival... Ya sé, Robert. Ya lo sé... Bueno, ¿qué puedo decirte? Solo ven para que lo hablemos.

Brian fue el último en llegar. Para cuando entró, La Cocina ya estaba llena de Zamoras furiosos.

—¡Te dije que algo estaba tramando! —gritó la tía Tuti, caminando de un lado a otro—. Pero eres tan confiada, Cari.

—Seguramente estuvo planeando este festival durante mucho tiempo. No es fácil que aprueben el papeleo para hacer algo en el vecindario —se quejó el tío Carlos.

—Probablemente le besó la mano a García como a mí. ¡Engreído! —La tía Tuti manoteó tanto que pensé que iba a tirar a alguien.

—¿Y por qué a nosotros no se nos ocurrió hacer una fiesta para la comunidad? —preguntó Mari.

—Ya es demasiado tarde. ¿Qué hacemos ahora? —preguntó Yolanda.

Vanessa intervino.

—Entreguemos información escrita con todos los contras de este desarrollo ¡bien detallados!

Todos se callaron y se voltearon a verla.

—¿Cómo dijiste? —preguntó Martín, rascándose la barbilla.

—Podemos hacer volantes y panfletos —repitió—, y entregarlos a todos en el festival.

—¿Cuál es el punto, Vanessa? Los residentes no votan, solo el consejo ciudadano lo hace. —Martín se veía confundido.

—¿No sabes nada? —dijo Vanessa—. Las personas no votan, pero sí expresan su opinión en el foro público *antes* del voto.

—Nos tenemos que asegurar de que se quejen *a grito pelado* —dijo la tía Tuti, cerrando las manos sobre su boca imitando un megáfono.

—Wilfrido Pipo no nos va a dejar repartir volantes en *su* festival —dijo Brian, echándose en uno de los sillones de la recepción.

—Como miembros de esta comunidad —lo contradijo Vanessa— tenemos derecho a distribuir material promocional de nuestro negocio hasta trescientos pies a la redonda de nuestra propiedad, y el festival va a ser en el terreno de ahí afuera, así que…

—¡Sí podemos! —La tía Tuti brincó y estrujó a Vanessa—. Ay, mi hija es un genio. ¿Verdad que sí, mi amorcita bella?

—Mamá —dijo Vanessa, desprendiéndose de la tía Tuti—. Me estás avergonzando.

—Esta es tu familia, Vanessa —dijo la tía Tuti, apretando más—. No existe la vergüenza entre nosotros.

El resto de la familia asintió por lo que había dicho la tía Tuti y por el plan de Vanessa. Era una buena idea.

—Está bien —dijo mi mamá—, podemos distribuir volantes mañana en el festival. Tenemos que hacer que la gente de Canal Grove comprenda qué está pasando. Pero por ahora tenemos que dejar listo el turno de la cena.

Tuti leyó el libro de reservaciones y su cara se transformó como si acabara de ver un flan de coco deslizarse desde su plato hasta el suelo.

—Bueno, no hay prisa —dijo—. Es viernes y casi no tenemos reservaciones. ¿Dónde están todos hoy?

Nadie sabía por qué tan pocas personas habían reservado mesa. Yo pensé en la abuela. ¿Les hablaría a algunos de sus clientes más leales? ¿Se preocuparía como todos los demás?

—Voy a ir a ver cómo está la abuela —dije de pronto, queriendo estar con ella.

—Buena idea —dijo mamá—. Pero, por favor, no…

—Ya sé, mamá —dije—. No le diré nada del restaurante.

—Gracias —dijo, y se fue a la cocina.

Salí del restaurante un tanto molido. ¿Por qué no teníamos una cantidad normal de reservaciones esa noche? ¿Lograríamos cambiar algo con volantes y letreros? ¿O el festival de Wilfrido ahogaría nuestras voces?

Encontré a la abuela meciéndose suavemente en su sillón reclinable. Se le iluminó el rostro cuando me vio.

—Arturito —dijo, saludándome con la mano.

Tenía un libro sobre las piernas. Seguramente estaba leyendo.

—Poesía —comentó.

Poesía otra vez no. Ojalá pudiera hablarle del festival de Wilfrido. Y de nuestros planes para entregar volantes y protestar. Pero no lo hice. La abuela exhaló lenta y profundamente, arrugando su cara como si supiera que mi mente estaba llena de pensamientos locos. La abuela sabía todo.

—Lee un poco, Arturito —dijo, entregándome el libro. El nombre en la vieja cubierta era familiar: José Martí, el poeta que le gustaba a Carmen y de quien hablaba el abuelo en sus cartas. ¿Estábamos emparentados con este tipo? ¿Por qué todos estaban obsesionados con su obra? Ahí me acordé de que no le había devuelto el libro a Carmen. Seguía en mi escritorio. Hice una nota mental de entregárselo pronto.

El libro emitió un crujido cuando lo abrí. Los versos estaban en español y tuve la sensación de que iba a terminar esa sesión de lectura con dolor de cabeza, pero si eso hacía feliz a la abuela, habría valido la pena. El poema empezaba:

Yo soy un hombre sincero
De donde crece la palma,
Y antes de morirme quiero
Echar mis versos del alma.

No entendía bien las palabras... Algo sobre ser sincero. ¿Palmeras? Morir. Seguí leyendo:

Yo vengo de todas partes,
Y hacia todas partes voy:
Arte soy entre las artes,
En los montes, monte soy.

No tenía ni la menor idea de qué significaba esa parte. Cerré el libro para ver la cubierta otra vez y tener un pretexto para detenerme.

Se llamaba *Versos sencillos*. Pero créeme, *no* eran nada sencillos. La abuela metió un dedo entre las páginas para abrir el libro y señaló de nuevo el primer poema. Golpeó la página hasta que empecé a leer.

Yo soy un hombre sincero
De donde crece la palma,
Y antes de morirme quiero
Echar mis versos del alma.

Releí el principio y traté de traducirlo. La abuela sonrió. ¡Por lo menos era algo más comprensible! Incluso me sentí un poco orgulloso de mí, así que seguí leyendo.

Yo he visto en la noche oscura
Llover sobre mi cabeza
Los rayos de lumbre pura
De la divina belleza.

Ajá, esa parte era mucho más difícil. Hablaba de luz y oscuridad. Sentí las páginas del libro de la abuela entre mis dedos. No solo se veían y sentían como papel de cebolla; también olían a cebolla.

La abuela se me quedó mirando. Me quitó el libro de las manos y puso su palma en mi nuca. Sus ojos se escondieron tras los pliegues de sus párpados arrugados. Arrastró los pies hasta el librero y guardó a Martí en su lugar.

—Lo más importante, mi Arturito, son el amor y la fe. Nunca lo olvides.

Metí las manos tan profundo en los bolsillos, que mis puños casi rompen la tela. La mano de la abuela se sintió fría y áspera contra mi cuello. Incluso en comparación con unos días atrás, se veía, no sé, más vieja. Sus movimientos parecían menos fluidos. Su cabello canoso estaba suelto, y no usaba maquillaje. La abuela *siempre* se maquillaba. Cerró los ojos lentamente y luego los volvió a abrir.

—¿Ya leíste las cartas de tu abuelo? —me preguntó.

No había leído más cartas en estos días. Se lo dije. Se inclinó hacia el librero.

—Estoy un poco cansada —dijo, y la ayudé a llegar a su cama. La arropé y me quedé con ella hasta que se durmió. Me pregunté cuántas veces en mi vida me había tapado la abuela a mí. Probablemente un millón.

Le di un beso en la mejilla y murmuré un adiós. Salí de su departamento todavía queriendo poder contarle todo lo que estaba pasando. Pero, ¿cómo podría? No sería justo ponerla nerviosa.

La abuela me recordó que había una pila de cartas del abuelo esperándome. Me preguntaba si mi abuelo alguna vez tuvo que guardar un secreto tan grande como este ante alguien que amaba. Fui a mi cuarto para estar a solas con sus palabras. Tenía muchas ganas de escuchar todo lo que tenía que decir.

1979
EL VALOR

Mi querido Arturo:

Algunas veces, la vida te obliga a tomar decisiones arriesgadas. Puede ser que esas decisiones requieran muchos sacrificios y elecciones que cambien el curso de tu viaje para siempre. Cuando la abuela y yo dejamos Cuba con nuestros pequeños hijos, no fue fácil. Dejamos nuestra patria, el lugar que conocíamos de toda la vida.

Me sabía la historia. Mis abuelos llegaron a Estados Unidos desde Cuba en 1979. Se quedaron en Miami, donde el abuelo encontró trabajo como mecánico de autos, y la abuela limpiaba casas. Así conoció mi abuela a una familia llamada Merritt. Limpió la casa de ellos durante años. Un día, los Merritt dieron una fiesta. El banquetero canceló a última hora, así que la abuela se hizo cargo y preparó una docena de platillos. Los invitados quedaron tan impresionados que los Merritt le pidieron que cocinara para todas sus fiestas importantes. Se corrió la voz del talento de la abuela, y pronto estaba cocinando para eventos privados por toda la ciudad. Mis abuelos ahorraron suficiente dinero y compraron una lonchería pequeña en una parte de la ciudad donde llegaba la mayoría de los inmigrantes cubanos de la isla. El restaurante se llamaba La Ventanita. Había una pequeña ventana a la que los clientes podían acercarse para comprar algo familiar, como sándwiches cubanos o un tazón de caldo de pollo con papas picadas. Era alimento para el alma para un grupo de gente que anhelaba probar algo de su patria. Luego, hace diecinueve años, cuando el señor Merritt murió le dejó dinero a la abuela para que abriera un restaurante en el vecindario donde había vivido. Ahí nació La Cocina de la Isla.

> *Por supuesto, probablemente conoces la historia de cómo llegamos a Estados Unidos y cómo trabajamos muy duro para echar a andar nuestros restaurantes y crear una buena vida para nuestra familia.*

—La abuela ya me lo contó mil veces, abuelo —le dije a la carta.

> *Y seguramente sabes qué tan peligroso fue el viaje a través del océano para llegar a nuestra nueva vida en Estados Unidos.*

El año pasado escribí un ensayo sobre eso en la escuela.

Pero, ¿sabes que eso no fue lo más valiente que hice en la vida?

¿Cómo?

No, mi querido nieto, esa distinción recae en la primera vez que tuve el valor de decirle a tu abuela que la amaba.

¿Cómo es posible que eso tomara más valor que escapar de tu país en un bote destartalado con niños pequeños, corriendo el riesgo de que te coman los tiburones o te atrapen y te manden a la cárcel?

¡Tu abuela era una mujer muy dura! Y muy hermosa y talentosa. Yo solo era un taxista al que le gustaba leer. ¿Qué le iba a poder ofrecer a una dama tan increíble? ¿Y si le decía que la amaba y ella me rechazaba? Mi vida se hubiera acabado. Tenía que encontrar el momento correcto. El momento perfecto para mostrarle cuánto la respetaba y la amaba.

Escuché ruido en mi estómago, pero no tenía hambre. Era como si una freidora estuviera chisporroteando con yuca frita en mis entrañas, y me sentía, eh, raro y bien al mismo tiempo. Sabía muy bien por qué mi estómago estaba así: así me sentía desde que cierta niña con *brackets* de colores entró en La Cocina tres semanas atrás. Todavía no podía decidir si estaba bien que me gustara Carmen o si yo le gustaba a ella, pero tenía que averiguarlo de una vez por todas. Mi estómago dependía de ello.

Regresé a la carta.

> *¿Sabes qué hice? Pensé en qué habría hecho José Martí frente a un reto así. Y le escribí. Escribí un poema para tu abuela diciéndole cuánto la amaba. Debo admitir que era el peor poema escrito en lengua española. Sin embargo, me dio el valor de profesar mi amor por ella. Dejar que la poesía hablara por mí fue la cosa más inesperada que había hecho. Espero que un día hagas lo inesperado, Arturo. Te sorprenderá más que cualquier otra experiencia en tu vida. Disfruta de tu valor. Vencer el miedo es algo maravilloso.*

La última línea me encendió. Doblé la carta y la guardé en la caja, listo para probar mi valor en más de una forma. Era como si el abuelo me estuviera pasando sus habilidades a través de las palabras. De pronto me sentí valiente. Atrevido. Como un pescador en medio de una tormenta sorteando las inmensas olas a su alrededor. No me iba a marear. De ninguna manera. Iba a salvar el restaurante, decidí, y le iba a decir a Carmen lo que sentía por ella. El abuelo y yo teníamos el mismo nombre. Quizá también teníamos el mismo valor.

15

josé martí no come churros

EN LA MAÑANA del festival, mi familia se reunió en el jardín. La abuela se sentía particularmente enferma, así que mi mamá decidió quedarse con ella.

—Les irá genial. Tengo fe en ustedes —dijo—. ¡Echa pa'llá!

Vanessa llegó con todo un grupo de amigos con camisetas verdes que decían LV. Ali Rodríguez levantó tres cajas de volantes a la vez y las dejó en una pila perfecta en un rincón. Ali era la mejor amiga de Vanessa y la niña más adorable del mundo. Simon Oliver, capitán del equipo de debate de la escuela, anotó cuidadosamente las cajas en una libreta amarilla. Su cabello perfectamente peinado, pantalones caqui y mocasines hacían que se viera veinte años más grande de lo que realmente era. Las otras amigas de Vanessa, las gemelas Amanda y Katie, abrieron una mesa con agilidad y colocaron un mantel verde encima. Otras niñas sostenían letreros con palos, mostrando distintos mensajes.

Son los mejores de mi escuela. Organizan protestas, hacen que los estudiantes firmen toda clase de peticiones: desde mejorar el agua para beber hasta proteger a la rata montera y plantar árboles por todo el vecindario. ¿Su feroz líder? Mi prima Vanessa.

—¡Atención, familia Zamora! —dijo—. Este es mi grupo ambientalista. Nos llamamos Los Verdes.

Podía ver a Carmen con el rabillo del ojo. Parecía hipnotizada por el grupo; todo su rostro sonreía.

—No dormimos en toda la noche comprobando la información y creando el volante —continuó Vanessa.

—Si tu escuela pregunta por qué se quedaron sin papelería, ¿debo decirles que busquen a Los Verdes? —dijo Martín, y rio.

—¿Martín, quieres hacer bromitas o quieres salvar al restaurante?

Martín se veía realmente avergonzado. Ahora era mi turno de reír.

—Y para cumplir con un activismo clásico en contra de Wilfrido Pipo —dijo Vanessa, indicándole a su equipo de líderes estudiantiles que pasara los materiales. Después usó un mapa para dirigir a los miembros de la familia a sus puestos en el festival—. El festival va a ser en el terreno principalmente, pero también se extiende por aquí y aquí. —Vanessa dibujó pequeños puntos rosas y azules donde los distintos miembros de la familia debían pararse.

—¿Tienes un mapa de Canal Grove? —pregunté.

—No eres el único Zamora astuto —contestó Vanessa, guiñándome un ojo al entregarme un volante—. Vamos. ¡Mostrémosle la luz a esta gente!

Miré el volante. Tenía el rostro de la abuela justo en el centro, con fotos más pequeñas del resto de la familia alrededor de ella, formando un círculo. En el fondo había una marca de agua del restaurante, con fotos de la abuela posando junto a distintos miembros de la comunidad, incluyendo una foto grande de la abuela con el comisionado García. Las palabras *Nosotros somos su familia* aparecían en cursiva en la parte de abajo. Volteé la hoja y vi las estadísticas del restaurante, y un párrafo sobre el impacto ambiental que tendría una construcción así en Canal Grove.

—¿Cómo lo hicieron tan rápido?

—Mi amigo Adrian tiene su propia empresa de diseño gráfico —dijo Vanessa, señalando a un tipo que desempacaba volantes—. Su equipo lo hizo.

Miré a Adrian sacar los volantes de las cajas. Su cabello sobresalía de los costados de su gorra y tenía que subirse los *shorts* cada vez que se agachaba para tomar más volantes.

—¡¿Tiene nuestra edad?!

Vanessa asintió.

—Puede ser muy inmaduro, y es un poco vago a veces, pero cuando se trata de diseño no hay nadie mejor. Hiciste un gran trabajo con los volantes, A.

Adrian levantó la vista y sonrió, admirando el resultado.

Luego se acercó Carmen y de pronto me sentí nervioso. No había decidido cuándo se lo iba a decir, pero sí pensé que hacerlo durante una protesta no sería lo mejor.

—Hola, Arturo —dijo. Se acercó mucho a mi cara. Carmen era una antorcha quemando mi cuello y volviendo mi garganta un malvavisco derretido. El perfume afrutado que usaba hacía imposible que me concentrara.

—¿Estás bien? —dijo, mirándome como si me pasara algo.

—¿Cómo? Sí. Perdón.

Pensé en la carta del abuelo. Ahora sabía a qué se refería cuando dijo que era lo más valiente que había hecho. Cuando decides que le vas a decir a una muchacha que te gusta, necesitas un valor de nivel cósmico.

—¿Arturo?

—Claro, sí —dije, volviendo a la realidad—. Mejor vámonos antes de que Vanessa se enoje.

Toda mi familia caminó junto a Los Verdes hacia la calle principal. Mis primos, a quienes llamábamos así, pero que no eran mis primos de verdad, estaban trabajando el turno del almuerzo ese sábado mientras los demás nos lanzábamos a la calle. Conforme nos acercábamos, pudimos ver que la calle estaba llena de puestos por todas partes.

—¿Cómo van a ir los clientes a La Cocina con este caos en medio? —dijo Vanessa.

Nos acercamos más y Vanessa empezó a entregar volantes. Un hombre que estaba cerca sacó su cartera y le ofreció unos billetes.

—No queremos dinero, señor. Tome este volante, piense en su vecindario y exprese su preocupación en el foro público dentro de dos semanas. Defienda nuestra comunidad. ¡Disfrute de esta gorra conmemorativa de La Cocina de la Isla!

Vanessa le entregó otro volante a una mujer que probaba la comida del festival: sushi de camarón envuelto en lechuga. La mujer le dio las gracias, sosteniendo el volante entre su dedo y el plato. Llegamos al estacionamiento y nos topamos con el festival en su apogeo.

—¿A qué hora empezó esto? —preguntó Brian.

—A las once de la mañana —dijo Vanessa, señalando el letrero—. Va a durar hasta las ocho de la noche.

Había un letrero inmenso de cuatro lados frente al estacionamiento y nuestro restaurante. Decía EL FESTIVAL DE LAS ESTRELLAS en cada lado. El tráfico de la calle paralela al restaurante estaba bloqueado y había pequeños puestos blancos alineados a lo largo de la calle. El estacionamiento mismo estaba lleno de tiendas, con un gran escenario en medio, rodeado de luces, dos bocinas altas y un micrófono. La Cocina casi no se veía.

—¡Guau! —dijo un hombre que llevaba una camiseta demasiado apretada, al entrar al festival—. ¡Hermano, esto es genial!

Un niño pequeño hacía montañas de sushi con sus manos y se las metía enteras a la boca.

Una pareja de ancianos se alimentaba mutuamente y sonreía mientras saboreaban la comida. La tía Tuti miró por todos lados.

—¿De dónde sacan esa comida?

Yolanda señaló una tienda donde un chef de sushi rebanaba cuidadosamente sashimi en pequeños cubos y los acomodaba sobre el arroz. Había una fila inmensa.

—Está preparando sushi justo afuera de nuestro restaurante, tía —dijo Martín, y los orificios de la nariz se le agrandaron como los de un hipopótamo antes de atacar.

—Esta tienda nos está quitando el negocio —dijo mi papá.

Miramos cómo se alargaba la fila en la tienda de comida. La gente salía con palitos largos con pescado picado.

—¿Eso es higiénico? —preguntó Mari—. ¿Servir pescado crudo en público, de esa manera?

—Es totalmente higiénico, señorita —dijo una voz atrás de ella.

Wilfrido Pipo estaba vestido con un traje verde limón y una corbata roja; tenía un sombrero que le cubría el rostro entero. Si no hubiera sido por su brillante sonrisa, no lo hubiera reconocido. Ladeó su sombrero y nos dio la bienvenida.

—Ah, los famosos Zamora. ¿Y dónde está doña Verónica?

—No vino.

—Qué mal. ¿Y su intrépida líder, la chef Cari?

—No es asunto tuyo. Oye, tu comida gratis está dañando nuestro negocio. —La tía Tuti golpeaba tan fuerte su pie contra el suelo que sonaba como una conga.

—Ah, ¿sí? No me di cuenta. Seguramente unos cuantos rollos de salmón y brochetas de yakitori no harán mucho daño.

El tío Carlos estaba parado atrás de la tía Tuti con sus dos pares de gemelos en un coche cuádruple. Uno de los niños se zafó y le pidió un pedazo de salmón a alguien que iba pasando. Le dio una gran mordida. Al parecer se arrepintió inmediatamente de su decisión porque puso una cara como si acabara de tragar cartón y escupió el salmón en el suelo frente a todos. La tía Tuti soltó una carcajada y fue a cargar a su sobrino.

—Bueno, ahora ya sabemos que su mal gusto también afecta su *sentido* del gusto —dijo.

Wilfrido se movió incómodo. Lo superábamos quince a uno.

—Mi mal gusto no impidió que pasaran a disfrutar de mi comida y mi diversión gratis, ¿o sí?

Vanessa se abrió camino hacia el frente y encaró a Wilfrido.

—No estamos aquí para divertirnos —dijo—. Venimos a protestar por Plaza Pipo y las cosas horribles que le hará a nuestra comunidad.

A Wilfrido se le escapó un gruñido, como un perro al que acaban de retar a una pelea. Su ojo izquierdo brincó y su cara se puso tan roja como su corbata.

—¡Escúchame bien, niñita! ¡Escúchenme todos! Me costó mucho trabajo organizar este evento. Tengo puestos llenos de comida gratis y regalos que van a garantizar la aprobación de esta ridícula comunidad familiar. Ustedes *no* se van a interponer en mi camino, ¿me escuchan? Si veo un solo volante o un letrero adentro del festival, llamaré al jefe de la policía, a quien por cierto conozco muy bien desde hace dos semanas. Acéptenlo, son dinosaurios. ¿Y saben qué es lo más hermoso de los dinosaurios? —Wilfrido se acercó un poco más. Estaba tan cerca que podía oler la salsa de soya a través de sus apretados dientes blancos—. Sabemos qué tan grandes eran por los huesos que quedaron. Pero no son nada más que eso en este mundo. Huesos.

Wilfrido inclinó de nuevo su sombrero y les sonrió a algunas personas que iban entrando al festival. Nos echó una última mirada glacial antes de desaparecer entre la multitud.

Todos nos quedamos mudos. Básicamente dijo que estábamos extintos.

—¡Ja, no más! —dijo Vanessa, trayéndonos de vuelta al presente—. ¡Por favor, somos la familia Zamora! ¡Quiten esas caras de derrota y entremos en acción!

—Ya oíste lo que dijo, Vanessa. Va a llamar a la policía. Yo no puedo ir a prisión —dijo Simon, jalando su camiseta verde—. ¡El equipo de debate me necesita!

—Nada más tenemos que cambiar un poco el plan. Todos, quédense en la periferia del festival. Nadie entre —dijo Vanessa—. Tenemos derecho a estar aquí afuera.

—Tiene razón —confirmó la tía Tuti—. ¡No somos dinosaurios! No nos podemos rendir. ¡Hagámoslo!

—Por la abuela —dije.

—¡Por la abuela! —gritaron todos.

Nos quedamos afuera del área del festival, pero nos aseguramos de hablar con todos los que entraban y salían. A la mayoría le daba gusto hablar con nosotros. Nos contaban sus historias en el restaurante y con la abuela. Algunos incluso admitieron que solo iban por los regalos gratis, pero no apoyaban de verdad el edificio Plaza Pipo. En ese caso, no podía culparlos mucho. El botín que Wilfrido sorteaba era impresionante. Minibocinas, iPads, más viajes al Caribe. Y aun si no ganabas, todos se iban con botellas de agua, fundas para celular, sudaderas y el libro de Wilfrido sobre bienes raíces. Bueno, esto último no era impresionante, pero me estoy desviando de la historia.

Carmen me preguntó si podía ser mi pareja de protesta y estuve de acuerdo, aunque sabía que tendría el estómago enrollado como un pretzel todo el tiempo. Ella cargaba un letrero que decía FAMILIA ES COMUNIDAD - COMUNIDAD ES FAMILIA, mientras yo repartía volantes.

—¿No es emocionante? —preguntó.

—Claro —dije.

—Estamos peleando por lo que creemos. Intentamos hacer una diferencia, como José Martí. Él peleó por independizar a Cuba de España. Escribió cientos de ensayos a favor de la justicia social, el trato igualitario de la mujer, la importancia de los niños en la sociedad, y la independencia intelectual y social de la gente de Latinoamérica.

Guau. ¿Cómo sabía todo eso?

—"Los hombres de acción, sobre todo aquellos cuyas acciones son guiadas por el amor, viven para siempre". Ay, ¿no es hermoso? Martí escribía con pasión, y esta se derramaba en su poesía y en su vida.

Yo sabía que José Martí era poeta, pero no tenía idea de lo demás. Me preguntaba si yo tenía esa clase de... lo que fuera que ella dijo... intelectual. A duras penas podía seguir el paso de todo eso.

—Eh, yo creo en el trato igualitario de la mujer —dije, intentando comentar algo importante.

Pasamos el día protestando detrás de nuestra barrera invisible. Cada vez que había una pausa, Carmen me contaba más cosas sobre Martí. Que había dicho: "Somos libres, pero no para ser malos, no para ser indiferentes al sufrimiento humano", o algo así. Habló de cómo Martí cargó colina arriba en Cuba, machete en mano, exigiendo la libertad de su pueblo.

—Él sabía que iba a morir —dijo Carmen, y juro que vi lágrimas caer de sus ojos—. Y de todas maneras peleó porque sabía que, incluso en la muerte, su obra perduraría. —Carmen suspiró—. Era tan valiente y tan romántico.

¿Pero cómo iba yo a competir con un tipo que escribió poesía, peleó por la independencia de todo un país y murió en el campo de batalla, luchando por la libertad? Y luego pensé, espera un minuto: ¿Por qué me estaba poniendo celoso? ¿Y por qué me importaba tanto? ¿Y cómo iba a poder probarme a mí mismo ante Carmen? Si no hubiera sido por la tía Tuti, me hubiera perdido en un vórtice de celos y desesperación ¡por un tipo que llevaba cien años muerto!

—Entren —dijo la tía Tuti, dirigiendo a todos hacia el restaurante—. Prepararé churros con salsa de chocolate.

Eso pareció alegrar un poco a la familia. La tía Tuti no cocinaba mucho, pero sus churros eran legendarios.

—Todos se lo merecen —dijo, y empezó a preparar esos deliciosos palitos fritos con azúcar.

Eran las cinco de la tarde y el festival seguía atestado de gente disfrutando a sus anchas. La Cocina seguía vacía. En un punto, una pareja se asomó, pero volvieron a salir cuando escucharon "¡Comida gratis todo el día!" en los altavoces.

Después de unos treinta minutos, la tía Tuti sacó la salsa de chocolate casera y los churros calientes. Yo tomé uno y me fui a buscar una mesa para comer.

Carmen me hizo señas para que la acompañara y sostuve con mucho cuidado mi churro y mi salsa de chocolate al sentarme junto a ella. Tomó un sorbo de agua y luego agarró mi mano y le dio una mordida a mi churro.

—Son *tan* deliciosos —dijo sonriendo.

Yo miré mi churro. Si hay un buen momento para decirle a alguien que te gusta, es con un churro en tu mano y después de un día de protesta contra un desarrollador inmobiliario ambicioso y hostil que quiere adueñarse de tu vecindario. Estaba seguro de que era lo que Martí hubiera hecho. Pensé en la carta del abuelo. Valor.

Con migas de churro azucarado en los costados de la boca, empecé…

—Eh, ¿Carmen?

—¿Qué hay?

—Eh, yo, eh... —Metí las manos en los bolsillos, olvidándome del churro que tenía en la mano—. Creo que, lo que estoy intentando decir es que...

—¿Sí? —dijo, mirándome detenidamente. Era como si estuviera esperando escuchar la pregunta más grandiosa que hubiera salido de la boca de un ser humano. Era ahora o nunca.

—Eh, Carmen. Tú. Eh. Me gustas. Como, o sea, me gustas, como tú. Mucho. Y bueno, eh, quería saber si yo, ya sabes, si te gusto también, ¿quizás?

Hubo una pausa. Una pausa realmente incómoda. Se tardó mucho en decir algo. Me empezaron a sudar las manos. Su cabeza se movió ligeramente de un lado a otro. Una sonrisa nerviosa se asomó a su rostro. Respiré con fuerza. Quizá con demasiada fuerza porque se hizo para atrás un poco. Como si quisiera alejarse. No sabía qué hacer. Yo también me hice para atrás. No le gustaba. No de esa manera, por lo menos. Se notaba. Sentí el estómago como una aspiradora intentando tragarse mi pecho.

—Lo siento, Arturo. No... no puedo. Yo no... —pero no terminó lo que estaba pensando. Solo se fue hacia el fondo del restaurante sin decir más. Empujé mi plato de churros mientras la veía salir al patio. Me quedé ahí hasta que ya no pude verla. Me quedé ahí hasta que ya no pude sentir nada. Carmen me había rechazado tranquilamente. Mop y Bren estaban equivocados. No le gustaba. Y como estaba seguro de que siempre asociaría los churros con el dolor de un corazón roto, sabía que probablemente nunca volvería a comer uno.

16

cuando hierve la olla

NO PODÍA CREER que lo hubiera arruinado todo de una manera tan épica. Admití que me gustaba una niña y me explotó en la cara. ¡En mi cara! Caminé por el restaurante mientras Brian masticaba su último churro y Martín bromeaba diciendo que los churros de chocolate parecían popó. Martín era un imbécil. Salí al patio y no vi a Carmen por ningún lado. Probablemente me estaba evitando como si fuera una peste o algo. ¡Claro que no le gustaba! Ella se la pasaba diciendo que éramos familia. Nunca debí haberlo hecho. Empecé a imaginar una conversación con el abuelo.

—Pero, abuelo, ¡tú dijiste que tuviera valor! ¡Para pelear por mis sueños, para pelear por el amor, como José Martí!

—Sí, Arturito —diría él—. ¡Pero no puedes amar así a la ahijada de tu mamá! Está mal, amigo.

Está bien, a lo mejor el abuelo no diría *amigo*, ¡pero de todas maneras! Alcanzaba a ver el terreno desde el patio y podía ver a Wilfrido Pipo en el escenario. Hablaba muy emocionado por el micrófono mientras la gente se reunía a su alrededor.

Eran casi las ocho y el sol empezaba a bajar sobre la calle principal, dibujando sombras en el festival y coloreando el cielo de rosa y naranja. Pensé en Plaza Pipo y en la sombra que dibujaría si Wilfrido se salía con la suya. El edificio absorbería la luz de todo el vecindario como un vampiro chupaluz, y sumiría todo en la oscuridad.

—¡Amigos, gracias a todos por venir al Festival de las Estrellas! Espero que hayan pasado un día maravilloso.

Podría jurar que Wilfrido le guiñó un ojo al comisionado García, que estaba en primera fila. Dulce, de Two Scoops, también estaba ahí. Vi a Enrique y a la señorita Patterson. Bill Bicicleta estaba sentado a un costado de la creciente multitud. Acariciaba su caniche de juguete, Henry, observando la escena. ¿Wilfrido era el Flautista de Hamelin, o qué?

—Escuchen, este vecindario es genial. Pero, ¿no creen que es momento de llevarlo a otro nivel?

Algunas personas aplaudieron y asintieron.

—Se necesita valor para abrazar el cambio —continuó Wilfrido—, y yo creo que todos ustedes lo tienen. Realmente.

Sentí que se estaba robando las palabras del abuelo. Valor no era algo que Wilfrido tuviera. Mi familia tenía valor. Luego vi a Vanessa de pie justo afuera del festival, como Wilfrido había ordenado, con los volantes inmóviles en su mano. Ali estaba con ella. Apoyó la cabeza en el hombro de Vanessa y le pasó un brazo alrededor. Era como si aceptaran la derrota. Era un gesto de "hicimos lo mejor que pudimos". Podía ver los volantes esparcidos por toda la calle, a unos cuantos pies de ellas, descartados por personas que ahora disfrutaban del festival.

Miré a mi familia. El tío Carlos mecía el coche cuádruple, intentado que sus cuatro hijos se durmieran. La tía Tuti miró en silencio y buscó la mano del tío Carlos. Él la tomó como solo un hermano menor toma la mano de su hermana mayor cuando quiere que todo esté bien. Mi familia se acercó todavía más, confinada a nuestro patio. Miré a Wilfrido en el escenario. Solo.

Esta ridícula comunidad familiar, había dicho.

¿Dónde estaba la familia de Wilfrido? Todo ese éxito y nunca lo escuché hablar de alguien que le importara. Ni una persona. Ahí entendí todo. Todos los pueblos donde Wilfrido había construido edificios eran comunidades unidas. Justo como Canal Grove.

Miré a la multitud. Annabelle y George estaban tomados de la mano mientras escuchaban a Wilfrido. Se conocían desde la primaria. La misma a la que yo había ido. Se iban a casar donde se casaron los papás de Annabelle años atrás. La señorita Patterson y la señorita Minerva habían trabajado en la misma escuela por más de treinta años. Dulce abrió Two Scoops un año después de que abriera La Cocina. Enrique había sido un prodigio de la escuela Palm, se había ido a estudiar a una gran universidad de arte en París y había regresado a su ciudad natal a abrir una galería. Bill Bicicleta... Bueno, nadie sabía exactamente de dónde había salido, ¡pero nadie podía recordar desde cuándo vivía aquí!

—¡Es momento de entrar en una nueva era! —gritó Wilfrido—. ¡Una donde el dinero fluya de los edificios que se alzan!

Algo me invadió de pronto. Tomé el letrero que traía Carmen antes y marché hacia el escenario. Levanté el letrero por encima de mi cabeza y caminé a través de la multitud, mostrándoles todo lo que no podían ver por sí mismos.

FAMILIA ES COMUNIDAD - COMUNIDAD ES FAMILIA

—¡Esta comunidad es una familia! Canal Grove siempre ha sido familiar. ¿Y ahora ustedes quieren que este tipo, que no sabe nada de nosotros, venga y se meta con nuestra familia?

—¡Ey! —gritó Wilfrido—. ¡Te dije que no metieras eso en el festival!

La seguridad de Wilfrido se abalanzó sobre mí, pero antes de que pudieran atraparme, abaniqué el letrero como un arma y salté hacia atrás.

—¡Sáquenlo de aquí! —gritó Wilfrido. Ordenó que vinieran más guardias por mí, pero yo seguía abanicando mi letrero como si fuera una espada para mantenerlos a distancia. Antes de que pudiera hacer nada, sentí que me arrancaban el letrero de las manos desde lo alto. Los guardias se detuvieron y, cuando miré hacia arriba, vi que Wilfrido me había quitado el letrero desde el escenario. Su cara estaba tan roja que parecía un cangrejo hervido durante mucho tiempo, con sus tenazas a punto de romperse. El letrero le daba asco.

—¿Comunidad es familia? Yo te voy a mostrar lo que es familia.

Wilfrido rompió el letrero por la mitad con la rodilla y lanzó los pedazos hacia la multitud. Algunas personas se agacharon y se quitaron del camino.

—La familia es un sistema fallido. La familia no te salvará, ni proveerá sustento, ni te mantendrá a salvo. Lo único que te mantiene a salvo es el dinero. ¿Crees que a estas personas les importa tu familia, niño? No. Les importa lo que sea bueno para ellos. ¿Crees que Chuchi no está brincando de emoción ante la idea de que llegue un tropel de negocios cuando se abra mi edificio? ¿Crees que el comisionado no está brincando de la emoción sabiendo que, para cuando lleguen las elecciones, ya habrá presidido el crecimiento económico más grande que este lugar haya visto? ¿Crees que porque la gente va al restaurante de tu familia les debe alguna clase de lealtad?

—¡Estás mal! —grité, subiéndome furioso al escenario—. Que *tú* no tengas una familia o no te importe tu familia no quiere decir que a *ellos* no les importe la suya. —Señalé a todos en la multitud.

—Más te vale no hablar de mi familia, niñito.

—¿Por qué nunca hablas de tu familia? ¿Qué estás escondiendo? —grité lo más alto que pude mientras Wilfrido apretaba los dientes e intentaba sonreír ante la gente.

—La familia es una competencia donde el más fuerte se lleva la herencia. *Así* se enseña el éxito —se burló Wilfrido, acercándose. Su aliento olía como un queso a temperatura ambiente—. Apuesto a que mi familia, mis hermanos y yo nos ganamos el amor de mi padre. Uno gana siendo fuerte. No sentimental ni débil.

Wilfrido se alejó de mí y se dirigió a la multitud.

—¡Este niño y su familia están empezando a parecer unos

malos perdedores! —Wilfrido se rio y siguió hablando—. Se colaron en el festival intentando protestar por algo que está perfectamente dentro de mi derecho. Al parecer, tus abuelos no aprendieron que en *este* país la gente es libre de comprar la propiedad que quiera.

—Lo saben —dije, con voz fuerte y firme—. Pero José Martí dijo: "Somos libres"... —intenté recordar la frase que me había dicho Carmen—. "Pero no para ser indiferentes", eh, "indiferentes", de... Diablos, ¿qué dijo?

—¡Ni siquiera puedes recordar la frase! ¡Patético!

—"Pero no para beneficiarse de la gente, del trabajo creado y conservado a través de su espíritu" —intervino Bill Bicicleta, caminando hasta el pie del escenario. Lentamente recogió el letrero roto y se lo llevó a su bicicleta.

—No me interesa la frase. Este es mi festival y no he hecho nada malo al hacer una oferta por esta propiedad. Y *ustedes* se metieron aquí para entregar volantes de propaganda cuando explícitamente les dije que no lo hicieran. Ahora, ¡quiten a este niño de mi vista!

El público lucía como si acabara de ver aterrizar una nave espacial. Todos tenían las mandíbulas por el suelo. Antes de que pudiera averiguar qué significaba eso, sentí que me agarraban dos manos y me escoltaban fuera del escenario.

—¡No toquen a mi sobrino! —gritó la tía Tuti a los guardias de Wilfrido. De camino hacia donde quiera que me llevaban, alcancé a ver a Carmen en el patio del restaurante. Supongo que vio todo. Sentí que mil libras de frijoles refritos me caían en la cabeza.

17

palabras que nunca esperas oír

LA ZONA DE detención del festival era una oficina móvil con tres cuartos separados que cubrían toda la superficie del tráiler. Por la forma en que crujía y apestaba, probablemente tenía unos cincuenta años. Me sentía en una lonchera rectangular flotando en el océano.

Había un insecto palmetto en la ventana. Parecía no saber si salir a husmear las calles sucias o si quedarse en su lugar. Me aparté porque esos bichos parecen cucarachas mutantes y, aunque no muerden, son horriblemente enormes. Quizá encontrara el churro a medio comer que se me había caído del bolsillo y disfrutara de su desamor azucarado.

Afuera, el equipo de Wilfrido desmontaba tiendas y

puestos, por lo que tenía una imagen clara de La Cocina, un recordatorio de mi intento fallido por convencer a los vecinos de que el restaurante era parte de todo eso. En ese momento, mi familia probablemente ya estaba en sus departamentos. Se acabó.

Sentí que el tráiler se balanceaba de un lado a otro, como si una estampida de rinocerontes marchara por el angosto pasillo. Se escuchaban voces molestas cada vez más cerca, y de pronto se movió la cerradura de mi celda hasta que finalmente cedió y se abrió la puerta. La tía Tuti marchó hacia el interior como un caimán listo para morder.

Se dio la vuelta para enfrentar a las otras personas que entraban en mi pequeña celda. Eran Wilfrido y un policía.

—¿Crees que te puedes subir a *mi* escenario y arruinar *mi* festival! —gritó Wilfrido, señalándome. Pero el tráiler se movía tanto que se tuvo que sostener del techo con ambas manos para no caerse.

—¿Me van a arrestar? —le pregunté al policía detrás de Wilfrido.

—No van a arrestar a nadie, Arturo —dijo la tía Tuti, quitando a Wilfrido del paso para acercarse.

—¡Señora! Cuidado con mi cabello. —Wilfrido revisó su peinado y se arrastró fuera de la celda como la serpiente que era.

—Mi sobrino estaba ejerciendo su derecho a expresarse libremente. Eso no es un crimen. ¿Verdad, Rogelio?

—Se puede ir —dijo el oficial Rogelio, y la tía Tuti le dio una palmada cariñosa en la espalda.

—Gracias —dijo. Salimos y cruzamos la calle.

—A sus órdenes —contestó el oficial Rogelio.

Wilfrido salió del tráiler.

—Tienes suerte de que el jefe de policía no pudiera tomar mi llamada, niño travieso.

La tía Tuti se abalanzó sobre él, pero el oficial Rogelio la detuvo mientras Wilfrido se ajustaba el traje y se iba tranquilamente. Yo quería ir detrás de él. Quería vaciar una olla de grasa encima de su cabeza y de todo su estúpido festival y su Plaza Pipo.

—¿Puedes creer a este tipo, tía Tuti? —dije, volteando hacia ella, todavía con la sangre hirviendo. La tía Tuti miraba en silencio su teléfono. Se le llenaron los ojos de lágrimas, que empezaron a correr por sus mejillas y, mezcladas con su maquillaje, formaron líneas negras.

—¿Tía Tuti? —pregunté, pero no dijo nada.

Se quedó inmóvil un momento, mirando su teléfono antes de murmurar: —Es la abuela, Arturo. La llevaron al hospital.

—Pero está bien, ¿no?

La tía Tuti estaba escribiendo en su teléfono. Algo en mis oídos no funcionaba bien porque era como si todos los demás sonidos estuvieran bloqueados a excepción del fuerte pitido de su celular.

—No sé, mi amor. Anda. Vámonos a casa.

Caminamos en silencio. Las calles estaban vacías, a excepción de algunos camiones que habían llegado a recoger las tiendas del festival. Había una cantidad masiva de basura por el suelo. Me preguntaba quién iba a recoger ese desastre. Sabía que no lo iba a hacer Wilfrido Pipo. Camino a casa, el pecho me golpeaba como un volcán a punto de hacer erupción.

La tía Tuti me acompañó hasta el interior del complejo.

—Todo estará bien, cariño. No te preocupes.

Tuti no me había llamado "cariño" desde que era un niño. Me acercó hacia ella y me abrazó con fuerza. No me importó tanto porque olía a ciruelas y se sentía suave y blandita cuando la abrazabas. Pero una de las piedras de su collar me picó el ojo y me aparté.

—¡Ay, pobrecito! Ven, déjame ver.

Tuti lamió su pulgar y limpió la orilla de mi ojo.

—Tienes un moco en tu ojito.

Me hice para atrás. Mi mamá *nunca* hubiera hecho algo así.

—No le digas a tu mamá, ¿sí? Odia que te limpie así. Vieja presumida. —Tuti tenía razón. Si mi mamá la hubiera visto, probablemente hubiera apretado la boca y, sin decir una palabra, todos se hubieran dado cuenta de lo molesta que estaba.

—Bueno, mi amor, tu mamá dijo que hay picadillo en la cocina. Tus papás no van a regresar hasta más tarde. Come, ¿sí? Estás muy flaquito.

En realidad no era así. Simplemente no tenía huesos grandes. Tuti debió de salir al abuelo. Él era bajito y redondo. La abuela era alta y delgada, con muñecas finas y brazos largos que te enrollaban completamente cuando te abrazaba.

—No se te olvide comer, cariño.

Tuti me dio un beso y se fue. En la cocina, vi el platón de picadillo con arroz y frijoles negros. Había suficiente comida para alimentarme por seis días. No tenía hambre, así que lo guardé.

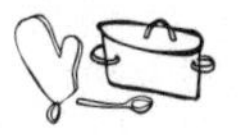

Supe que mi mamá había ido al departamento de la abuela y la había encontrado descansando en su cama, pero cuando no respondió se dio cuenta de que algo no estaba bien. Imaginé a la abuela con tubos y monitores conectados a su cuerpo. Quería ir a visitarla, pero la tía Tuti dijo que era mejor que me quedara. La abuela estaba otra vez en el hospital. Lo último que quería hacer era estar solo en mi casa.

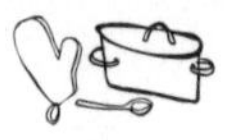

Pasaron algunas horas y no me podía concentrar. Fui a mi escritorio y abrí la caja del abuelo. La vacié hasta cubrir toda la mesa con su contenido. Revisé los papeles y saqué el CD.

Guantanamera.

Metí el disco en mi computadora, pero antes de que empezara a sonar la canción mi mamá tocó la puerta y entró lentamente en la habitación. Ella nunca tocaba. Sus labios no estaban apretados, como cuando se concentraba en algo. Estaban caídos. Parecían cansados de tanto moverse. Le tomó algunos segundos poder hablar, y el retumbe en mi pecho pronto empezó a llenar el silencio.

—Arturo —dijo, mirándome a los ojos. Estaba de pie junto a mí y yo me quedé sentado en el escritorio. Aun sentado era casi más alto que ella.

—¿Arturo?

Seguí callado hasta que finalmente terminó el silencio.

—Lo siento, mijo, pero tu abuela murió hoy.

Con eso, mi corazón se aceleró incontroladamente.

—Mañana tu papá hará los preparativos de lo que pidió tu abuela. Decidimos, como familia, que todos iremos a misa de domingo mañana temprano, y le pediremos al padre que rece por ella. La Cocina estará cerrada la próxima semana, y haremos una cena conmemorativa en el restaurante el domingo siguiente. Descansa. Tenemos muchos preparativos que hacer.

Salió, se metió en su habitación y cerró la puerta. La música empezó a sonar en mis bocinas. Se me había olvidado que había metido el disco. Reconocí las palabras que cantaba el coro. Eran las mismas del poema de José Martí que había leído en el libro de Carmen, en las cartas del abuelo y en el libro de la abuela. Las mismas palabras.

Cultivo una rosa blanca
En junio como en enero,
Para el amigo sincero
Que me da su mano franca.

¡Guantanamera! Guajira, Guantanamera.
¡Guantanamera! Guajira, Guantanamera.

Terminó la canción y quise apagar mi computadora y huir. Echarme a correr para intentar escapar del dolor que me estaba persiguiendo. Pero no lo hice. La volví a poner —porque la reconocí— y leí la letra otra vez —porque me la sabía. Escuché la canción una y otra vez, repitiendo para mí en silencio: *Fallé. Fallé. Fallé.*

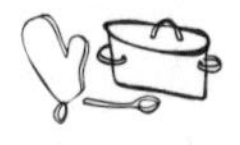

Querido lector, te dije que no te hicieras grandes expectativas. Puedes tener un plan. Puedes organizar y tener valor y trabajar para lograr un cambio. Pero lo único que cuenta al final es el resultado. Yo pensé que podía salvar al restaurante y decirle a Carmen que me gustaba. Pero recibí una flecha en el corazón, y estaba seguro de que íbamos a perder La Cocina, nuestro segundo hogar. Y encima de todo eso... perdí a la abuela. No había un final feliz en mi historia. Punto. Final.

COMPLETO... Y ÉPICO... FRACASO.

La canción siguió sonando y me quedé dormido con la cara sobre el teclado.

18

escribe aquí

ME DESPERTÉ EN medio de la noche, agarré la caja del abuelo bajo el brazo y salí a escondidas del departamento. Me fui a la casa de la abuela. Se me hundió el estómago cuando pasé frente a su vieja licuadora KitchenAid. Era probable que nunca pudiera tomar otro batido de mango. Las cortinas rojo oscuro de la abuela bloqueaban la luz de la lámpara de seguridad del jardín. El ambiente se sentía cálido y mi estómago se hundió un poco más. La abuela nunca hubiera permitido que su departamento se calentara tanto. El aire acondicionado era un lujo en el que no le importaba gastar. Nunca lo tuvo en Cuba y creía que era una maravilla.

¡Qué invento más maravilloso!, decía. *Tener todo el año el invierno en tu casa y verano allá afuera.*

Miré el sofá de la abuela, forrado de plástico. Por alguna razón, la abuela sentía que cubrir los cojines con plástico era la mejor forma de conservarlos. Eso significaba que no te podías sentar con *shorts* porque el plástico se te pegaba a las piernas y, aun cuando no tuvieras muchos vellos, como yo, te arrancaba los pocos que hubiera, causando toda clase de irritación.

Su sillón reclinable estaba junto al sofá. Lo había comprado de segunda mano, así que no estaba cubierto de plástico, por lo que se había amoldado a su cuerpo. Pensé en la última vez que estuve en su apartamento. Le había leído ese poema. El poema que se había quedado atrapado en mi mente toda la noche. El poema impreso en el libro que descansaba dentro de un tazón de fruta encima de su mesa de noche. *Versos sencillos*, de José Martí.

—Abuela, ¿por qué vino Wilfrido Pipo a nuestro vecindario? ¿Por qué algunas personas parecen estar de su lado?

Háblame en español, mi amor, siempre me decía. *Practica.* Yo no hablaba muy bien, aunque comprendía casi todo. Había mejorado, pero solo un poco.

Imaginé que la abuela diría que la gente actúa así porque su esencia se mezcló mal, como una salsa que se cuaja por cocerla con mucho fuego. Tienes que ser templado y no batirte demasiado.

Tomé el libro del frutero y lo abrí en el final. Decía:

Todo es hermoso y constante,
Todo es música y razón,
Y todo, como el diamante,
Antes que luz es carbón.

Todo era primero carbón, pero nada se había convertido en un diamante. Nada tuvo el éxito debido. La abuela tendría las respuestas, pero ya no estaba. Había estado demasiado enferma. Tal vez demasiado estresada. Ahora todo se había arruinado. Era mi culpa. La abuela se había ido.

La verdad finalmente me pegó. La abuela estaba muerta. Me dejé caer en su sofá. Quería desesperadamente que los cojines me absorbieran y me tragaran entero. En cambio, la cubierta de plástico chilló, como si intentara comprender por qué me había sentado encima suyo. Me tragué las lágrimas. Abrí la caja del abuelo y hojeé sus cartas. Saqué una y leí el sobre.

A VECES LO TIENES QUE ESCRIBIR

Las hojas estaban en blanco.

—¿Qué se supone que debo hacer con una hoja en blanco, abuelo? —pregunté en voz alta.

Había pilas de hojas en blanco con las palabras *ESCRIBE AQUÍ* en la parte de arriba.

—¿Qué voy a escribir, abuelo? —Yo no era escritor. No tenía idea de qué poner. Miré la caja e intenté encontrar otra carta. Tal vez había otra cosa que el abuelo hubiera dejado que me pudiera servir como consejo. Se cayó una pluma sobre mi pie mientras hurgaba en la caja. Miré las hojas en blanco junto a mí.

ESCRIBE AQUÍ

—Está bien. Pero no puedo prometer que será bueno. —Agité la pluma algunas veces para mover la tinta y puse una hoja en blanco encima de la mesita de café de la abuela. Antes de empezar a escribir, encendí el aire acondicionado y programé la temperatura a sesenta y cinco grados. La máquina gruñó al cobrar vida, y pronto el departamento de la abuela se sentía agradable.

Miré fijamente la hoja, cerré los ojos, los volví a abrir y empecé a escribir.

Escribí durante horas. Escribí hasta que la pluma se rompió y la tinta se chorreó por todas partes, arruinando las palabras que ya había escrito. Llené una hoja en blanco tras otra. Sobre el momento en que me encerraron en el festival. Sobre nuestras cenas familiares los domingos. Sobre Mop y Bren, y lo mucho que quisiera que estuvieran aquí. Sobre Carmen y cómo esperaba que todavía quisiera ser mi amiga después de lo que había pasado. Sobre mi familia. ¡Mi loca familia! Sobre mis abuelos... y cómo esperaba que estuvieran juntos. Sobre cómo serían nuestros últimos días en el restaurante si lo perdíamos. Escribí rápido y mucho, a veces ni siquiera pensando antes de hacerlo. Recordé cada detalle de las últimas semanas.

Escribí hasta quedarme dormido en el sofá de la abuela, encima de un colchón de papeles.

En la mañana desperté con el eco de mi nombre en la cabeza. Abrí un ojo y vi a mi mamá de pie junto a mí.

—Ahí estás, Arturo. Tu padre y yo te hemos estado buscando —dijo, y empezó a organizar los papeles que había tirados por todas partes. Miré la pila de hojas que había escrito. *ESCRIBE AQUÍ.*

19

el último batido

ME BAÑÉ RÁPIDO, me cambié y me reuní con mi familia en el jardín. Todos lucían como si no hubieran dormido en toda la noche. Brian y Martín se abrieron paso lentamente, y Vanessa se quedó en un rincón. Era la primera vez que no estaba enfrente de todos. No sé si fue el baño o la liberación que sentí al escribir toda la noche, pero estaba feliz de verlos. Mi familia.

—Muy bien, escuchen —comenzó mi mamá—. Todos sabemos que el consejo votará sobre las propuestas en diez días. Suceda lo que suceda, usemos esta semana para estar juntos y honrar a la abuela. Vayamos a la playa, al cine, metamos los pies en los canales o vayamos a caminar. Hagamos todo lo que le gustaba a la abuela. Disfrutemos de todo lo que la hacía feliz.

—¿Podemos ir por la camioneta de Carlos y estrellarla contra la oficina de Pipo? Eso me haría feliz *a mí* —escupió la tía Tuti entre sollozos.

—No, Tuti, no vamos a hacer eso —continuó mi mamá—. No quiero pensar en ese hombre ni en el voto. Quiero ser positiva.

—¿Positiva? —sollozó la tía Tuti—. ¿Positiva?

—Sí —dijo mi mamá—. Ganemos o perdamos. Ahora pensemos en otras cosas.

La familia ignoró por completo a mi mamá y se pusieron a hablar entre ellos sobre lo que pasaría si Wilfrido ganaba el voto.

—Me rehúso a creer que va a ganar. ¡No podemos pensar así!

—Sí, ¡no es posible que la comunidad esté de su lado!

—Sí se veía que muchos estaban de su parte en el festival —dijo Mari.

—Pero tomaron los volantes —replicó Martín.

—Estaban tirados por toda la calle —dijo Vanessa.

—¿Qué le pasó a este vecindario?

—¡Es como si los hubieran embrujado o algo!

—¡Wilfrido les hizo un hechizo!

—Tal vez también deberíamos ir al ayuntamiento a protestar. Puedo organizar a mi equipo —ofreció Vanessa.

—Es una gran idea, Vanessa, pero no —dijo mi mamá.

—¡No puedo creer que te rindas, Cari!

—No me estoy rindiendo, Tuti. Estoy pensando en la familia.

—¡Esto no es lo que mami hubiera querido! Ella sí hubiera peleado.

—Mami no está aquí, Tuti. Solo somos nosotros.

Mi mamá y la tía Tuti empezaron a discutir, lo que hizo que todos los demás se callaran. A mi mamá se le encendieron las mejillas. El rostro de la tía Tuti se veía tenso, como si estuviera intentando no llorar, pero las lágrimas brotaron de todas formas. Había una energía nerviosa por todas partes y traté de pensar en alguna forma de detener a mi mamá y a tía Tuti, pero no podía hablar.

La ausencia de la abuela era tan fuerte que, literalmente, nos estaba separando. Si ella estuviera ahí, todo lo que hubiera tenido que hacer era tomarnos de las manos, ofrecer una oración y todos se habrían calmado. En cambio, vi a mi familia romperse. Finalmente, mi mamá puso fin a la conversación.

—Mami me nombró la dueña principal del restaurante y voy a hacer lo que es mejor para esta familia.

Miré alrededor. Todos evitaban la mirada de mi mamá. Cuando finalmente encontré sus ojos, tenía esa expresión que les mostraba a los cocineros cuando no la escuchaban en el restaurante.

—Necesitamos detener este correteo emocional. ¡La abuela se fue! Hemos estado tan enfocados en no perder que nos olvidamos de lo más importante: la familia. Si perdemos y no nos renuevan el contrato, encontraremos un nuevo lugar. Pero ya basta de pelear. No más.

—No —dije. Me di cuenta de que era el único que estaba hablando ahora. Toda la familia se había quedado callada. Incluso Tuti se había ido a sentar a una banca.

—Mamá, no nos podemos rendir. Tenemos que seguir luchando. Mi papá se acercó a mi mamá. Él siempre era el tranquilo de la familia. Nunca lo había escuchado gritar o subirle la voz a nadie. Por eso era tan bueno como representante de servicio al cliente en el restaurante. Incluso si un cliente era grosero, mi papá nunca se enojaba.

—Cari —dijo—, recuerda que tus padres le dedicaron sus vidas a este restaurante. No es solo un edificio... es un hogar. *Nosotros* construimos nuestra vida alrededor de él también. Creo que eso es lo que Arturo intenta decir.

—Ya lo sé, Robert, pero tenemos que dejar de intentar cambiar las cosas que están fuera de nuestro control.

Se me hizo un nudo en la garganta y me costaba trabajo tragar saliva.

—Pero... la abuela... —pude decir a duras penas.

—Arturo —dijo mi mamá, su voz era suave ahora, casi un susurro—, los abuelos dejaron un lugar hace muchos años y construyeron un nuevo hogar, una nueva vida. Hicieron nuevos recuerdos y conservaron los viejos en su corazón.

Le di la espalda. ¿Qué iba a impedir que alguien como Wilfrido Pipo buscara otro vecindario y construyera *otro* edificio? ¿Y luego se mudara a *otro* vecindario y construyera más edificios? ¿Y más? Ya lo había hecho antes.

—¿Arturo?

Yo tenía los ojos de mi mamá, oscuros y redondos, pero tenía la altura de mi papá. Ya era casi una cabeza más alto que ella. No asentí ni negué con la cabeza. El vecindario no quería Plaza Pipo realmente. Solo les gustaban los regalos gratis y las fiestas grandes. Vi a Carmen aparecer detrás del arbusto de floribunda de la abuela, y me volví para no encontrarme con su mirada. De pronto tenía ganas de estar solo, y me fui. Algunos miembros de la familia parecían querer hablar conmigo, pero simplemente no podía con eso.

Me fui a nuestro departamento y cerré la puerta de mi habitación. Mi mamá me llamó unos minutos después, pero no contesté. No más conversaciones. Me pregunté cómo podían cambiar las cosas tan rápido. Unas semanas atrás, Mop y Bren estaban aquí, Carmen no había llegado para confundirme, el restaurante estaba a salvo y la abuela todavía estaba… Bueno, da igual.

Abrí mi computadora para ver si tenía mensajes en Twitter de Bren. No había llamado ni mandado mensajes en un rato. Le envié uno justo cuando mi papá tocó la puerta.

—¿Puedo pasar?

Abrió lentamente la puerta y asomó la cabeza. Asentí y el resto de su cuerpo apareció en el umbral. Me entregó un tazón inmenso de helado de chocolate y menta, me guiñó un ojo y se fue. Mi papá era así de genial.

Me quité los tenis y me recosté en la cama, intentando evitar que se me cayera el tazón de helado. Casi se me cae cuando escuché un aviso en mi computadora. Bren me había enviado un mensaje, así que dejé el tazón en el escritorio y leí.

@PITBULL4LIF: cómo va todo por allá, hermano?

Pensé en contarle que la abuela había muerto, pero sentí que era algo que debía decirle en persona. Además, en serio solo tenía ganas de sentirme normal por un momento, como si nada hubiera cambiado.

@ARTZAM3: ey, bren, no tan bien. qué pasa contigo?

@PITBULL4LIF: tuve novia un rato. no funcionó. no entiendo a las mujeres. cómo está carmen? ya se besaron?

@ARTZAM3: no va a suceder.

@PITBULL4LIF: dale una oportunidad al amor, hermano. y luego, cómo va lo del restaurante?

@ARTZAM3: creo que wilfrido pipo va a ganar y mi familia ya se rindió.

@PITBULL4LIF: amigo, más te vale que no te rindas!!!

@ARTZAM3: parece una pelea imposible de ganar, sabes?

@PITBULL4LIF: tú. eres. arturo zamora! practicaste y practicaste para entrar al equipo de bbol, y después de las pruebas el entrenador estaba tan impresionado que te aceptó.

@ARTZAM3: me quedé en el equipo de práctica, amigo.

@PITBULL4LIF: hermano, tenías un jersey y fuiste el primer niño de sexto que jugó en el equipo de octavo!!! aumento de popularidad instantáneo.

@ARTZAM3: supongo que sí. oye, escribí poesía.

Esperé la respuesta de Bren. Finalmente me mandó un mensaje no tan sutil…

@PITBULL4LIF: QUÉ?!!!!!

@ARTZAM3: sí, lo sé. loco, no?

@PITBULL4LIF: se la enseñaste a alguien?

@ARTZAM3: sts loco?!

@PITBULL4LIF: solo digo. ya sabes, a carmen seguro que le gusta.

@ARTZAM3: definitivamente no, amigo.

@PITBULL4LIF: vale la pena intentarlo. diablos! me tengo que ir, amigo. mi mamá me está gritando que deje de sentarme en el sofá con los *shorts* mojados. no te rindas!

@ARTZAM3: va. luego te escribo. oye, bren?

@PITBULL4LIF: qué onda, compadre?

@ARTZAM3: gracias, amigo.

@PITBULL4LIF: no problema. ns vms, *bro.*

Bren se desconectó. Mi helado ya se había derretido por completo, así que bebí el líquido que quedaba. Sabía como una malteada de menta. Sabía como un batido. El batido de la abuela.

20

comer en silencio

TODOS FUIMOS A misa, y luego el padre Samuel dio un servicio especial solo para la abuela. Cuando la gente salió después de la misa normal, el padre nos pidió que nos pasáramos a las primeras filas.

—Era una luz en esta comunidad y su parroquia —dijo el padre Samuel—. Es un privilegio honrarla hoy.

Esa era la clase de impacto que dejaba la abuela. Un sacerdote hacía una excepción por ella.

Miré a mi familia, a Carmen y su papá, a los papás de Mop. No invitamos a más personas porque mi mamá quería que fuera algo íntimo y pequeño. Ella puso un ramo de flores en el altar junto con un retrato de la abuela sonriendo.

El tío Carlos se restregaba la frente y empujaba en silencio el coche cuádruple por todo el pasillo. Los dos pares de gemelos estaban dormidos profundamente. Brian llevaba puestos sus lentes de sol adentro de la iglesia, y Martín mantenía la cabeza inclinada. La tía Tuti estaba muy callada, pero ocasionalmente soltaba chillidos y lamentos tan fuertes que seguro que se escuchaban en la siguiente iglesia, a tres millas de distancia. Mi papá agarró la mano de mi mamá y nunca quitó los ojos del retrato de la abuela.

Mi mamá tenía tan apretada la boca que parecía tener un solo labio. Creo que ni siquiera parpadeó.

Yo miré fijamente la foto de la abuela. Era raro verla ahí. La iban a cremar en dos días, tan pronto como terminara el papeleo. Un cuerpo hecho cenizas, guardado en un recipiente para siempre. Odiaba la idea de que la abuela se quedara atrapada ahí.

Solo había una rosa blanca en medio de todas las demás flores de colores. No sé si alguien más lo había notado, pero yo sí lo hice. Las rosas blancas eran las favoritas de la abuela. Imaginé por un segundo que esa rosa era para mí, para que solo yo la viera.

Cultivo una rosa blanca.

Eso decía el poema. Solo podía pensar en cómo la abuela cuidaba su jardín. Y cómo cocinaba. Y cómo me leía historias antes de enfermarse. Y cómo había compartido esas historias con el abuelo, el amor de su vida. Eran historias de héroes y poetas, de amor y sacrificio. De dejar un país por otro. De aprender que la familia es el único hogar que vale la pena tener. Sus historias siempre incluían el amor. Las cartas del abuelo me lo habían enseñado.

La rosa blanca en su ataúd me recordó todo lo que tenía

y lo que había perdido. Parecía que mi mundo entero se me escurría entre los dedos.

La tía Tuti habló primero y luego se suponía que yo iba a decir unas palabras en nombre de los nietos, pero cuando pensé en la urna llena con las cenizas de la abuela, y la tía Tuti llorando, y la cara inmóvil de mi mamá, y todos los demás sonándose la nariz y secándose los ojos, decidí no hacerlo. No pude hacerlo, y creo que no estuvo bien porque perdí mi oportunidad de contarles a todos lo que la abuela significaba para mí. Luego llegó el turno de mi mamá.

—Ante la muerte de la abuela —empezó— vamos a hacer una cena conmemorativa en el restaurante el próximo domingo. Si pueden, por favor avísenles a los clientes que la próxima cena familiar estará abierta para todos.

Mi mamá habló sobre el compromiso de la abuela con el vecindario y con las familias que vivían en él.

—Es lo que ella hubiera querido —concluyó mi mamá.

Cuando terminó nuestra misa especial, vi a los papás de Mop. Ellos me vieron también y se acercaron.

—Sé que Mop quisiera estar aquí, Arturo.

—Sí, yo también quisiera que estuviera aquí —dije.

—Dinos si necesitas algo —dijo el papá de Mop.

—Gracias. —Agradecía mucho que los papás de Mop no hubieran ido al estúpido festival de Wilfrido Pipo.

—Y estaremos en el restaurante la próxima semana —dijo la mamá de Mop—. Vamos a llevar a algunos amigos que conocían a la abuela. Intentaremos que Mop venga también.

—Genial —dije.

Mi familia caminó junta por las calles, de vuelta al complejo de departamentos, donde nos separamos lentamente.

Yolanda y Mari se fueron para pegar información sobre la cena de la abuela cerca del restaurante. Brian hizo llamadas por teléfono y mi papá envió correos electrónicos. Era obvio que no íbamos a tener la cena familiar del domingo. Intenté pensar en otra ocasión en que se hubiera cancelado, pero no recordaba ninguna. Caminé solo hasta que mi mamá me alcanzó.

—¿Arturo? —preguntó—. Me gustaría que cocinaras conmigo para la cena de la abuela la próxima semana.

Mi mamá me miró con sus intensos ojos café. No estaba jugando. Realmente quería que cocinara con ella.

—¿Y Martín? —pregunté, pensando que él era una mejor opción.

—Quiero pasar tiempo a solas contigo —dijo, adelantándose—. Iremos mañana al restaurante y pensaremos qué menú vamos a preparar para la cena de la abuela.

—¿Qué? Pensé que nos íbamos a calmar y a honrar a la abuela esta semana…

—Así la vamos a honrar tú y yo, cocinando juntos.

Desapareció en el interior del departamento. ¿Mi mamá quería que cocinara con ella?

Vi a Carmen con el rabillo del ojo. Caminaba hacia mí y entré en pánico. No habíamos hablado realmente desde mi épico fracaso durante la protesta.

—¿Cómo te sientes, Arturo?

—Bueno, acabamos de salir de la misa de difuntos de la abuela, así que… no tan bien. —Sabía que sonaba grosero conforme salían las palabras, pero no pude detenerlas.

—Sí, claro. Fue una pregunta estúpida. Casi tan estúpida como cuando un amigo de mi papá me preguntó si extrañaba a mi mamá dos días después de su funeral.

De pronto recordé que Carmen acababa de perder a su mamá hacía poco. Era la razón por la que estaba pasando el verano aquí. Me sentí como un idiota.

—Perdón por hablarte así. Anoche casi no dormí —dije, y bostecé con fuerza. Omití la parte de lo que había escrito.

—No te preocupes, yo entiendo —dijo mientras miraba sus zapatos como si fueran lo más fascinante del mundo—. Por cierto, ¿has visto mi libro de poesía? —preguntó—. Lo he estado buscando por todas partes y en realidad me servirían unos cuantos versos sencillos ahora.

—¿Cómo? Ah, eh, no —dije, porque se me había olvidado devolvérselo y no quería que pensara que lo tuve todo ese tiempo sin decirle—. A lo mejor lo dejaste en algún lugar. Pero si realmente quieres leerlo, la abuela tiene una edición vieja. Podemos ir a buscarlo si quieres.

—Vale —dijo sonriendo mientras me seguía hasta el departamento de la abuela.

Entramos y el aire acondicionado seguía prendido. El frío me puso la piel de gallina, pero no me importó. El libro de la abuela seguía sobre la mesa de café.

—Aquí está —dije, entregándoselo.

—Es genial —dijo—. ¡Mira qué viejo es!

—Quédatelo —dije. ¿Lo decía en serio? Decidí que sí.

—No me puedo quedar esto —dijo—. Para nada.

—Le hubiera gustado que tú lo tuvieras.

Carmen abrió el libro en las primeras páginas y empezó a leer en silencio.

Negó con la cabeza.

—No me lo puedo quedar —dijo—. Es demasiado especial.

—Bueno, es un préstamo.

Carmen caminó por la habitación, leyendo, mientras yo miraba un montón de fotos viejas de la abuela. Pensé que a la gente le gustaría ver algunas en la cena. Había una de mis abuelos en una playa. El tío Carlos en los brazos de la abuela y mi mamá de la mano del abuelo mientras la tía Tuti mostraba sonriendo que le faltaban los dos dientes de enfrente.

Algunas fotos estaban un poco gastadas en los bordes y otras se tomaron en una época en que los autos parecían tostadoras redondas de colores. La abuela estaba parada frente a un automóvil así, con pantalones blancos y una chaqueta de flores. Llevaba el cabello corto y rizado, y aun cuando la foto era en blanco y negro, podías ver sus ojos claros brillar.

Carmen siguió leyendo mientras yo pasaba las fotografías. Ninguno de los dos dijo una palabra. De vez en cuando Carmen hacía un comentario sobre cómo parecía que uno podía leer a José Martí en cualquier época.

—Su poesía es política, pero está llena de amor y esperanza —dijo, y yo asentí. Pero en realidad no tenía idea de lo que estaba diciendo.

—Ey, mira esto —dije—. ¿A quién se parece?

Carmen dejó el libro de poemas de la abuela y miró la foto en blanco y negro.

—¡Parece José Martí! —dijo.

—No puede ser —dije—. Martí murió hace como cien años.

—Bueno, sí, pero el edificio de La Cocina es muy viejo —dijo Carmen—. Pudo haber estado ahí para dar un discurso o algo.

—Espera —dije, buscando una referencia en mi teléfono. Escribí la dirección de La Cocina y añadí *histórico* a la búsqueda. No surgió nada. Escribí *José Martí y La Cocina de la Isla*, pero tampoco apareció nada. Luego escribí *familia Merritt y José Martí*, ya que los ancestros de los Merritt prácticamente fundaron ese lugar, y aparecieron algunas entradas sobre finales del siglo XIX.

—La familia Merritt es una de las más viejas del vecindario —le dije a Carmen—. Y mira, algunos de los primeros Merritt tal vez tuvieron alguna conexión con Martí.

—¿Y eso cómo nos ayuda? —preguntó Carmen, acercándose.

—La abuela solía trabajar para los descendientes de los Merritt. Es posible que todo esté vinculado.

—¡Tal vez por eso tiene esta foto! —dijo, saltando—. ¿Y si el edificio en que está La Cocina es *histórico*...?

—No lo pueden derrumbar.

Carmen saltó emocionada.

—¿Cómo podemos asegurarnos?

Salimos del departamento de la abuela con la foto vieja del héroe más famoso de Cuba. Al llegar al jardín nos encontramos a mi mamá sentada en una banca, esperando.

—¿Qué pasa? —preguntó.

—Mamá, encontramos algo.

—Si es sobre Wilfrido, no quiero oírlo.

—No es. Es sobre...

—Arturo —mi mamá nos fulminó a los dos con la mirada—, no quiero oír nada de eso ahora. ¿Sí?

Carmen puso una mano en mi hombro y me volvió esa sensación de malestar estomacal, garganta seca y nervios como si hubiera caído en el anzuelo de un pescador. La ignoré. Yo no le gustaba a Carmen.

Mi mamá se levantó y volvió al departamento. Subió lentamente las escaleras y me di cuenta de que estaba cansada. Decidí dejarla sola.

El tío Frank nos vio a través de su ventana y salió a darme un abrazo.

—Cómo has crecido, Arturo.

El tío Frank era muy alto. Tal vez había crecido, pero todavía me sentía como un niño en sus brazos.

—¿Mi amor, me puedes ayudar con la página web? Olvidé lo que tenía que hacer para subir algo con fotografías. Y una niña de Andalucía dejó un comentario. ¿Le podrías contestar?

Carmen y el tío Frank habían estado trabajando en un blog para niños que hubieran perdido a alguno de sus padres a causa de una enfermedad. Estaba en español principalmente y tenía buenas fotos. La página de inicio tenía una foto de la mamá de Carmen y una entrada pequeña con su historia. Carmen incluyó una sección de comentarios para que la gente dejara preguntas o compartiera su propia historia.

—Sí, papá —dijo—. ¿Te veo luego, Arturo?

Asentí y la vi irse con el tío Frank de vuelta al departamento. Se detuvo, le dijo algo a su papá y corrió hacia mí otra vez.

—Oye —dijo con una sonrisa triste. Sus *brackets* dejaban luces rojas y azules en sus dientes—. Con el tiempo mejora, ¿sabes? Perder a alguien.

Vi cómo las palabras se formaban lentamente en su boca. Algo en la sonrisa de Carmen hizo que me sintiera, no sé, menos enojado con todo.

Cuando llegué a casa, mis papás estaban en el sofá, sentados en silencio. Creo que los asusté porque mi mamá dio un pequeño brinco cuando levantó la cabeza del hombro de mi papá. Tenía los ojos hinchados y se sonaba constantemente la nariz. Intentaba sonreírme, pero no decía nada. Mi papá sonrió y me guiñó un ojo. Tenía el don de aligerar incluso los momentos más tristes. Acarició la cabeza de mi mamá cuando ella la volvió a recostar en su hombro.

Cuando conoció a mi papá, mi mamá acababa de regresar a Miami después de algunos años trabajando en restaurantes de la ciudad de Nueva York. Él estaba de visita. Vivía en Los Ángeles, donde actuaba en comerciales. Un día se detuvo en el Café de Lola, del otro lado de la calle principal. Por lo que cuenta mi papá, ahí fue donde las cosas no empezaron muy bien.

—Me pasé toda la mañana disculpándome con tu mamá por tirarle el café en su bata blanca de chef. Finalmente me dejó comprarle otra y el resto es historia.

—Así lo recuerda él —siempre dice mi mamá—. Más bien, me siguió hasta La Cocina, rogándome que aceptara otro café.

—Lo que hizo.

Cada vez que mis papás contaban esta historia, cada uno tenía su versión de cómo se habían dado las cosas. Y muchas veces daba pie a un pleito de broma. Era su forma de expresar su amor. Los abuelos expresaban el suyo de otra manera. Creo que el común denominador era que tanto mi abuelo como mi papá habían fallado épicamente la primera vez que conocieron a mi abuela y a mi mamá.

Subí a mi habitación para ver si Bren estaba conectado, y deseé que Mop pudiera venir a la cena el próximo domingo.

Como no supe nada de Bren, revisé el chat de la familia. No había conversaciones. Era la primera vez que eso sucedía. Alguien siempre mandaba por lo menos una foto chistosa o un video. Me sentí raro sin hablar con mi familia un domingo. Miré la foto de Martí y la guardé. No era el momento de ser activista, ni poeta, ni nada de eso. Saqué la caja del abuelo y miré el resto de las hojas blancas. Me hacían pensar en el silencio. El silencio era otra forma de recordar.

21

juegos de memoria

A LA MAÑANA siguiente, mi mamá me despertó antes de que sonara mi alarma de Hulk.

—Arriba, arriba —dijo, pero yo me di vuelta y enterré la cabeza bajo las sábanas—. Arturo, vamos. Quiero ir al restaurante y hacer una lista de las cosas que tenemos que comprar.

—Pero dijiste que nos tomáramos esta semana para descansar. —Asomé la cabeza momentáneamente cuando mi mamá me dio palmaditas en la pierna.

—Sí, y una de las cosas que la abuela hubiera querido es que tú y yo cocinemos juntos una maravillosa cena para toda la comunidad. Así que necesitamos planear.

Me arrastré afuera de la cama.

—Ten —dijo mi mamá, y me entregó una bata de chef—. La abuela la mandó a hacer para ti.

La bata tenía mis iniciales bordadas.

—¿Cuándo lo hizo?

—Le dije que no estaba segura de si querías cocinar o si estabas listo siquiera para ello, pero ya conoces a tu abuela… necia e insistente.

Tenía razón, y eso me hizo sonreír.

Me arreglé y seguí a mi mamá a la cocina. Mi papá nos entregó dos sándwiches de huevo y le dio a mi mamá una taza térmica para llevar con algo que olía a café con leche.

—¿Me puedes dar uno de esos a mí también? —pregunté, porque no hay nada mejor que el café cubano dulce con leche condensada caliente en la mañana. Es como el primo divertido del café normal.

Mi papá levantó una ceja y deslizó otra taza térmica sobre la barra. Bebí y mis sentidos se intensificaron. Ahhh. Sí, estaba listo.

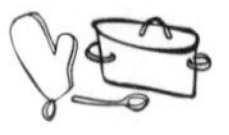

Cuando llegamos al restaurante, mi mamá salió del auto para colgar un moño negro sobre la puerta.

—Es un crespón —dijo, atándolo alrededor de una de las manijas—. Así es como los negocios recuerdan a los que se han ido.

Colgamos un letrero afuera para avisar que la abuela había muerto. Leerlo me hizo sentir tan terrible como el momento en que mi mamá entró a mi habitación justo después de que sucediera.

Nos volvimos a subir al auto y mi mamá me indicó que

sacara una libreta y un lápiz que siempre guardaba en la guantera, para tomar notas mientras dictaba el menú. Fuimos a cada granja y tienda local, y ordenamos toda clase de ingredientes frescos. Cada lugar que visitábamos tenía la misma reacción ante la noticia de la muerte de la abuela.

Manny, el granjero a quien comprábamos nuestra fruta y verdura, abrazó a mi mamá como por diez minutos. Nos dio todo lo que necesitábamos y no nos cobró.

—Ahí estaré el domingo, doña Caridad. Con mis hijos y mis nietos.

Manny no fue el único que contribuyó a la cena de conmemoración de la abuela. Alfredo y Melinda Ortega, nuestros carniceros, nos dieron todo el pollo y la carne de res y de cerdo que cupo en la camioneta de mi papá. Y luego nos siguieron hasta el restaurante para dejar más.

—Doña Verónica fue la primera dueña de restaurante que escogió nuestra humilde granja por encima de las grandes cadenas. Le debemos tanto que nunca podremos pagarle.

Era increíble ver a personas tan distintas expresar su amor, tristeza y admiración por la abuela. Nunca pensé en las granjas y los negocios donde comprábamos las provisiones para el restaurante, y en toda la gente que era dueña de esos negocios.

—No le importó que fuera un poco más caro —me dijo mi mamá—. Quería apoyar a sus vecinos. Tu abuela se adelantó a su tiempo. Ella inventó el concepto "de la granja a la mesa".

Toda la semana fue así. Abrazos, lágrimas y muchas donaciones para la cena. Y la mejor parte fue que ya no escuché a nadie hablar sobre Wilfrido ni Plaza Pipo. Creo que Wilfrido lo notó porque mencionó la muerte de la abuela en una entrevista para el periódico. Cuando la tía Tuti leyó el artículo, alcanzó un nuevo nivel de histeria que yo no sabía que existía.

La semana se fue rápido. Además de planear la cena, mi mamá cumplió su palabra. Todos pasamos tiempo juntos, haciendo cosas que a la abuela le gustaban. La única parte que no me gustó mucho fue cuando mi papá llegó a casa con la urna de la abuela. Sentí un nudo en la garganta; no podía creer que la abuela estuviera atrapada ahí para siempre.

Carmen sugirió que esparciéramos sus cenizas, y a mí también me pareció una buena idea.

—Pero quizá nos metamos en problemas —dije.

—¿Y? ¿Qué van a hacer? ¿Obligarnos a juntar las cenizas para meterlas otra vez en la urna?

Me reí. Tenía razón.

Wilfrido Pipo intentó visitar a mi mamá, pero no le salió muy bien. Ella le cerró la puerta en la cara unas cuantas veces y creo que finalmente él se dio cuenta de que no estaba invitado a la cena.

—Eso no lo hace un vecino amistoso, señorita chef.

—No somos vecinos —dijo mi mamá fríamente—. Usted no vive en este vecindario. Además, sé que solo quiere venir como publicidad.

Wilfrido maldijo y advirtió que nos íbamos a arrepentir después del voto.

Era extraño, pero la amenaza vacía de Wilfrido no me molestaba. Toda la semana era un festín de amor para la abuela y nada podía hacer que esos buenos sentimientos desaparecieran.

Ni siquiera cuando descubrí que la fotografía de Martí que Carmen y yo encontramos en el departamento de la abuela no era real. El papá de Mop dijo que era un parecido muy convincente, pero la fotografía no era lo suficientemente vieja y Martí nunca se había parado en Canal Grove. Cuando le di a mi mamá la foto y le conté la mala noticia, su reacción me sorprendió.

—Uy, me acuerdo de esto. Tus tíos y yo éramos niños —dijo—. El abuelo se vistió como José Martí un año y leyó poemas a la hora de la cena en el restaurante. Fue muy divertido.

Me abrazó y pasó los dedos por mi cabello. Me agarró la cara y me besó en la frente.

22

picar y rebanar

FINALMENTE LLEGÓ EL domingo y mi mamá y yo fuimos a La Cocina muy temprano para empezar a preparar la cena de la abuela. Los demás cocineros y chefs, incluyendo a Martín, iban a llegar un poco más tarde, así que mi mamá y yo estábamos solos en el restaurante.

—¿Listo? —me preguntó. Era raro ver el restaurante totalmente vacío porque *siempre* había alguien ahí. Mi mamá apretó el código de la alarma y encendió las luces de la cocina. Prendimos las estufas. Mi mamá sacó los cuchillos de cocina y acomodó los ingredientes en la estación de preparación.

—Vamos a preparar *todos* los mejores platillos de la abuela —dijo, afilando su cuchillo. Me indicó que me pusiera un delantal. Tragué saliva con fuerza.

Mi mamá me entregó una cebolla, un pimiento, algunos plátanos macho, cilantro, zanahorias, chalotes y algo que parecía una cebolla.

—Eso es chayote, Arturo. Lo vamos a saltear, pero necesitas cortarlo en julianas primero. Haz lo mismo con las zanahorias y asegúrate de lavar la cebolla con agua fría antes de picarla en cubos. Luego ve al cuarto de refrigeración y saca el caldo de ternera. Necesita estar a temperatura ambiente para preparar el caldo de rabo de buey.

Me dio vueltas la cabeza.

La chef mamá continuó:

—No cortes los plátanos, pero sí pela la yuca y ponla en la olla de ahí. Va a estar hirviendo, así que no los *avientes*. Lo último que necesito es que te quemes. El rabo de buey está en el cuarto de refrigeración. Pásamelo cuando termines.

Me la quedé viendo.

—¿Qué? —preguntó molesta.

—Bueno… ¿qué es una Julia?

—Juliana, Arturo. Juliana. Es rebanar largo y delgado. Así.

Deshizo en trozos los pequeños monstruos naranjas picando velozmente. Si mi mamá no fuera chef, tal vez podría ser samurái. Tomó una charola llena de pollos y empezó a cortarlos a la mitad con un cuchillo de carnicero tan grande que bien podía ser de Conan el Bárbaro.

—Vamos a preparar gallinas de Guinea —dijo mi mamá, partiéndolas a la mitad de un solo tajo. Fácilmente podría haber terminado con un ejército de gallinas antes de que siquiera la atacaran.

Me quedé mirando las diferentes verduras frente a mí. Ya había olvidado lo que tenía que hacer.

—¿Arturo, estás picando las verduras?

—Sí —dije, porque una señora de cinco pies y cinco pulgadas con un cuchillo de carnicero del tamaño de su antebrazo era muy intimidante. Mi mamá se movía frenéticamente por toda la cocina, preparando y picando, y oliendo las cazuelas cuando empezaban a burbujear en la estufa. Era impresionante.

La abuela y yo solíamos cocinar juntos, pero su paso era mucho más lento, al menos conmigo. Desde que cumplí seis años me quedaba con ella los sábados en la noche cuando mis papás salían, y preparábamos juntos la cena de los domingos. Ella picaba las verduras y yo pelaba papas. Juntos cocinábamos sopas, salsas y toda clase de cosas increíbles. Cada sábado en la noche, su departamento se llenaba con los olores celestiales del azafrán, la hierbabuena, el cilantro y el perejil. Era nuestra tradición hasta que se enfermó y mi mamá se hizo cargo de la cena. Ella prefería encargarse de todo.

Empecé a picar, a pelar y a cortar en julianas. Luego me di cuenta de que estaba llorando. Mis ojos ardían y no podía parar. Me sequé los ojos, pero me ardió más y mi nariz empezó a gotear. Antes de que pudiera alcanzar una toalla, mi mamá me limpió la cara con un trapo caliente.

—¡Mamá, me arden los ojos!

Me eché agua fría en la cara y me limpié con la toalla. Intenté enfocar la mirada de nuevo cuando vi a mi mamá agachada sobre el fregadero junto a mí.

—¿Mamá? ¿Estás bien? —Recuperé la visión y vi que estaba dejando el agua correr entre sus dedos. Tenía la cabeza baja, como si quisiera meterla al agua también.

—¿Mamá?

Levantó la vista, revelando sus ojos hinchados y rojos.

—¿Te llegó la cebolla? —pregunté.

Se rio, aunque sonó más a una exhalación, y su labio inferior comenzó a temblar. No era una cebolla. Mi mamá estaba llorando.

Le entregué la toalla, la empapó en el chorro de agua y se la pasó por el rostro.

—Gracias, mi amor —dijo al colgar la toalla en su hombro—. Ha sido muy difícil. Lo siento. No tendrías que preocuparte por esto. Anda, terminemos, ¿sí?

Mi mamá se pasó ambas manos por la cara y estiró sus mejillas. Era la primera vez que la veía así.

Tomó el caldo de langosta y lo coló para quitarle todos los trocitos y pasar solo el líquido a la olla. Luego lo vertió en otra olla y lo devolvió a la estufa. Yo giré la perilla y la flama tembló antes de calmarse. La olla hirvió ligeramente.

Mi mamá me pidió que sacara del congelador el pescado, las almejas y los mejillones para preparar la paella de mariscos. Miré el ventilador. Echaba aire helado, y si levantaba la mano podía sentir cómo se congelaba. ¡Qué genial sería tener el poder de congelar las cosas! Hubiera congelado esa estúpida enfermedad que arruinó poco a poco los pulmones de la abuela. Hubiera congelado las lágrimas de mi mamá. Salí del cuarto de refrigeración cargando la cuba de mariscos y la solté sobre la mesa de metal.

Mi mamá estaba inclinada sobre el caldo de langosta y vi un relicario colgando de su cuello. La pequeña cruz brillante y el medallón ovalado bailaban como si un ligero viento los uniera. Mi mamá olió el caldo y yo escuché a la cruz de plata repicar como una campanita contra el medallón. Eran de la abuela.

23

cocinar de memoria

MARTÍN Y ALGUNOS de los cocineros llegaron cuando mi mamá estaba terminando de cocinar. Acomodamos pequeños filetes con cebolla caramelizada en platones, y vertimos el puré de papa con queso azul en tazones individuales.

El pescado a la sal se había endurecido a la perfección. Parecía que el pescado estaba envuelto firmemente en un capullo de sal. Mi mamá decía que el pescado preparado así siempre resultaba exactamente como debía saber un pescado. Hicimos una salsa a base de tomate para acompañarlo, y luego acomodamos las gallinas de Guinea y el rabo en un platón de cerámica. Para los aperitivos, preparamos plátano frito, frituras crujientes de yuca y frituras de bacalao.

Había toda clase de ensaladas: ensaladas revueltas con mango verde, papaya, fresas, naranjas, todo. Hicimos masitas de cerdo, que eran básicamente pequeñas bolitas fritas de cerdo. Preparamos suficiente comida para alimentar a veinte cuadras.

Después llegaron mis primos y comenzaron a llevar las charolas de comida al comedor y al patio. Los autos se estacionaban en el ahora infame terreno, y la gente que amaba a la abuela se abría camino para entrar.

Brian imprimió una foto inmensa de la abuela y la colocó en la entrada del patio. Mantuvimos la puerta principal cerrada para que la gente entrara por el terreno. Mi papá quería que todos vieran a la abuela antes de entrar a comer.

—Hola —dijo Carmen detrás de mí, encorvada y sonriendo. Tenía pequeñas gotas de sudor en la nariz y eso hacía que sus pecas se vieran más grandes.

—¡La comida huele deliciosa! —dijo.

—Gracias —dije. Llegaron más autos y algunas personas se acercaron con bolsas, globos y flores. El señor Michaels cargó una pila de libros y nos los regaló. Chuchi llegó vestida como si fuera a una gala. Enrique le entregó a mi mamá un hermoso retrato de la abuela. Llegaban amigos y más amigos por docenas. La familia Domínguez trajo alrededor de quince personas (y tres bolsas de tomates *heirloom*) a la cena. Fue fantástico.

Carmen traía dos colas de caballo y unos jeans verde claro con una camiseta blanca y amarilla sin mangas. Me di cuenta de que había estado colgando decoraciones de los árboles por las pequeñas ramas y hojas que tenía en el cabello.

—Ven... Tengo algo que mostrarte —dijo. Tomó mi mano y me llevó afuera—. *Ok*, cierra los ojos.

Antes de hacerlo, la miré. Eran casi las ocho de la noche

y el sol terminaba de ocultarse bajo el cielo púrpura. Sus ojos brillaban con rayos color miel, como una colmena radioactiva.

Cerré los ojos, como me había pedido.

—Ábrelos.

Señaló un arbusto de floribunda. Carmen acarició el pequeño botón y se alejó para admirarlo.

—¿Cómo lo trajiste hasta acá? El vivero está a cinco cuadras por lo menos.

—Me ayudaron Vanessa y Los Verdes. —Carmen abrió los brazos, triunfante—. ¿Te gusta?

La volteé a ver y admiré las rosas florecientes. Luego miré una en particular. Era blanca. Como la que había en el funeral de la abuela.

—¿Arturo, estás bien? —preguntó Carmen.

No respondí. La miré fijamente mientras entraban más invitados al restaurante. Empezó a sonar la música favorita de la abuela en las bocinas de Brian.

Al ver a todos comer, bailar y reír, casi se sentía como en los viejos tiempos, como si Wilfrido Pipo nunca hubiera puesto un pie en nuestro vecindario. Solo la abuela podía conjurar ese sentimiento.

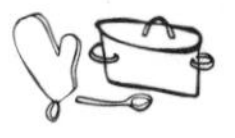

Cuando terminó la cena de homenaje, todos ayudaron a limpiar. Mi familia. Nuestros vecinos. Nadie se quejó; todos estábamos felices de hacerlo. A la abuela le hubiera encantado ver eso.

Después de sacar la última bolsa de basura, Vanessa se acercó para despedirse.

—Nunca pude decírtelo, pero estoy muy impresionada con tu compromiso, Arturo. Muy impresionada.

—Gracias.

—Deberías postularte para el consejo estudiantil el próximo año. Sería bueno tener un espíritu tenaz en mi equipo.

La miré inexpresivo.

—Eh, lo pensaré…

Antes de que saliera, Vanessa se volvió y me entregó un volante.

—Voy a hacer un plantón mañana en la mañana enfrente del restaurante. Antes del voto.

—¿Por qué?

Vanessa sacó su teléfono y empezó a buscar algo en él.

—Se te olvida, primo —dijo—, que soy una Zamora. Darme por vencida no está en mi naturaleza. Le envié un mensaje a cinco de los grupos juveniles en los que estoy.

—Guau, es mucha gente.

—Sé de buena fuente que Wilfrido planea meter una excavadora en el terreno a primera hora de la mañana. Vamos a estar ahí para asegurarnos de que no lo intente.

—*Ok*… —dije.

—*Todos* estos grupos promueven el buen activismo de la vieja escuela.

En serio estaba muy orgulloso de mi prima y me intimidaba ligeramente que quisiera incluirme en su equipo de activismo político al año siguiente.

Vanessa se fue y los papás de Mop se despidieron de mí. Su papá me entregó una carta.

—Lamento que Mop no haya podido venir, Arturo. Tuvimos muchísimo trabajo y no pudimos ir por él. Se quedó muy triste.

—Está bien —dije, tomando la carta.

—Te extraña mucho, Arturo.

—Yo también —dije.

—Tu comida estuvo deliciosa, por cierto. La abuela estaría orgullosa —dijo el papá de Mop, dándome una palmada en el hombro.

—Gracias.

Pasó un brazo alrededor de su esposa y salieron del restaurante para ir por su auto.

Vi a Carmen al llegar al terreno. Estaba vacío; solo quedaban unos cuantos automóviles. El farol de la esquina era la única luz sobre nosotros. Pensé en la primera vez que Carmen y yo estuvimos ahí. El tío Frank se nos unió.

—Deliciosa comida, Arturo.

—Gracias —dije.

Me acarició el cabello suavemente.

—Un chef increíble —dijo, mirando a Carmen—. Igual que la abuela, ¿verdad, mi amor?

Carmen asintió y yo metí las manos en mi delantal de chef tanto como pude. Mi garganta y mi estómago se turnaban para bailar y hacer piruetas con el resto de mis órganos. Era una salsa de nervios, pena y, tal vez, un poco de emoción.

—Ah, olvidé devolverte esto —dije, entregándole a Carmen su libro de poemas, que tenía metido en mi delantal para que no se me olvidara dárselo.

—¡Encontraste mi libro! —dijo, y me agradeció.

—Sí, estaba, ah, adentro de uno de los buzones —mentí.

Carmen tomó el libro y nos despedimos.

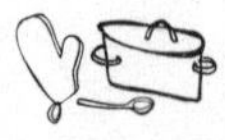

Después de la cena me fui directo a casa a leer la carta de Mop. Sabía exactamente cómo quería terminar mi noche.

¡Ey, Arturo!

¿Qué onda? Perdón por no haber hablado.

Solo puedo usar el teléfono del campamento una vez a la semana ¡porque se supone que debemos estar en contacto con la naturaleza!

El campamento está genial. Hay un montón de gente interesante. La mayoría son de Georgia y de Carolina del Norte, y del norte norte de la Florida. Del otro extremo. ¡Nuestras cabañas no tienen aire acondicionado y no puedes dejar las ventanas abiertas en la noche porque los mosquitos te devoran!

¿Supiste lo de Bren? Me mandó una foto de su novia, a quien conoció el día que llegaron a República Dominicana. Pero la tomaron como treinta yardas atrás y ni siquiera estaba mirando a la cámara.

A las niñas les gusta mucho la naturaleza. Hay una niña muy buena onda, Autumn, que usa una pañoleta y teje. ¿Puedes creerlo? ¿Una chica de trece años que use pañoleta y teja? Es tan madura. Podría ser gerente de una cafetería o algo así.

De todas formas, estoy pensando en usar

sandalias y hacerme un moño. ¿Crees que a Autumn le guste eso? No sé. Es raro pensar en estas cosas. O sea, hace tres meses estábamos contentos jugando básquetbol los sábados todo el día, y ahora estamos pensando en chicas todo el tiempo. No sé tú, pero a mí me duele la cabeza. Tal vez le compre estambre a Autumn para que teja. ¿Qué opinas?

Y bueno, espero que el restaurante le dé una patada en el trasero a la propuesta de Wilfrido. ¡Te veo en unas semanas!

Tu amigo,
Benjamin "Mop" Darzy

24

listos para la votación

EL DÍA DE la votación salí de la cama antes de que sonara mi alarma de Hulk. Me vestí y salí corriendo para ir al foro público. Mi mamá ya estaba en la cocina, caminando de un lado al otro y leyendo sus notas, y mi papá la ayudaba. Llevaba un traje de pantalones azul y su cabello caía en ondas sobre sus hombros. Se veía seria y muy, muy bonita al mismo tiempo.

Mi papá se había puesto pantalones caqui y una camisa de botones. Pensé que tal vez estaba mal vestido con mis jeans de salir y una camiseta polo, pero mi mamá insistió en que me veía bien. Para ser honesto, me dio gusto, porque el calor de noventa y cinco grados del verano era terrible y lo único que podía soportar eran mis jeans flojos.

—Nos vamos adelantando para guardar lugar para todos —dijo mi papá.

Alguien tocó a la puerta y, cuando vi quién era a través de la mirilla, casi me pego en la rodilla al abrir.

—¿Estás bien? —preguntó Carmen, pero yo estaba distraído. Estaba increíblemente bien vestida, con una camisa con volantes y un saco rosa claro encima. Me regresó la imperiosa necesidad de cambiarme.

—Ahora vuelvo —dije, y me fui disparado a mi habitación. Me puse mis pantalones caqui, una camisa, una corbata roja y azul, y metí los pies en unos mocasines. En el baño, me mojé el cabello, lo peiné lo mejor que pude, y me puse mucho desodorante extra. ¡No Mira Bro! Esa cosa es asquerosa.

No lograba que mi cabello se aplacara, y después de aplanarlo un par de veces con la mano, lo dejé y regresé con Carmen. Mi mamá me miró al salir y me dio un sospechoso *mmm*.

—Tienes agua en la camisa —dijo mi mamá.

Miré mi camisa y vi las manchas de agua que la habían empapado. Carmen rio.

—Me voy a cambiar —dije, pero mi mamá insistió en que ya no había tiempo.

—Con este calor se secará en cinco minutos —dijo. Tomó su bolso y sus llaves, y salimos juntos.

—Carmen, ¿tu papá viene con nosotros?

—No, madrina. Va a ir luego.

La facilidad con que Carmen y mi mamá hablaban español entre ellas me hacía querer hablarlo mejor.

El restaurante estaba de camino al foro público. No planeábamos detenernos ahí, pero había una conmoción en el terreno y nos detuvimos a investigar. Al acercarnos, vi a casi cuarenta de los amigos de Vanessa sentados junto a una excavadora. Mi mamá se acercó al albañil y le dijo que no tenía ningún derecho a estacionarse ahí.

—¡Ah, sí que lo tiene! —dijo Wilfrido desde un carrito de golf que parecía un Hummer. Traía unos lentes de sol que le cubrían el rostro, y el atuendo más escandaloso y brillante que hubiera visto. Parecía que alguien hubiera hecho su traje con unos Skittles derretidos.

—Esto sigue siendo propiedad de La Cocina de la Isla —dijo mi mamá—. Así que saque su excavadora de aquí.

—Que yo sepa, esta propiedad le pertenece a la *ciudad*, no a tu familia. Mañana a primera hora empezamos a construir, y a partir de ahí, el restaurante tiene el tiempo contado... como un asteroide que se dirige a la Tierra.

Mi papá apretó el hombro de mi mamá. Le susurró algo al oído y luego se volteó hacia Wilfrido. Mi papá medía casi seis pies y dos pulgadas, y aunque era el hombre menos violento del mundo, imponía respeto. Sus inmensas manos, sus grandes hombros y su barba larga hacían pensar que vivía en las montañas con los osos.

Se inclinó hacia Wilfrido y le dijo algo que lo hizo salir disparado en el carrito hacia la excavadora. En cuestión de segundos, la excavadora se echó en reversa y salió del terreno. Todos contemplamos a mi papá como si fuera Thor o algo. Él sonrió ampliamente y tomó a mi mamá de la mano.

—¿Qué le dijiste, papá? —pregunté.

—Le di un consejo —dijo, y guiñó el ojo—. Vámonos al ayuntamiento.

Marchamos todos juntos hacia el foro. Parecíamos un ejército. En realidad, éramos más una ola formándose en un huracán, tomando velocidad y consumiendo otras olas (nuestra familia, nuestros amigos y vecinos) conforme nos acercábamos a la costa.

Cuando llegamos, mi mamá se apuró a entrar a la sala donde haría su petición final.

—¿Qué vamos a hacer ahora? —preguntó Carmen.

—No sé —dije—. Esperar a que vote el consejo, supongo.

Carmen encontró a su papá y yo me fui con mi mamá, que saludaba a la gente del vecindario conforme la veía en los asientos.

Los siete miembros del consejo ciudadano pidieron orden en la sala y todos se callaron. Todo fue muy formal y organizado. Había una mesa curva de frente a los residentes y dos podios posicionados frente a los miembros del consejo. Cada miembro tenía un micrófono y una placa con su nombre.

El señor sentado en el centro, cuyo nombre era difícil de pronunciar —Porfirio Mondalla—, era el director del comité. Llevaba los anteojos en la punta de la nariz y estaba leyendo un papel. Nunca lo había visto antes y me preguntaba cómo se había vuelto director de un comité así.

Los otros seis miembros lo flanqueaban, y escuché quién era cada uno cuando una señora en el extremo de la mesa dijo sus nombres por el micrófono. Tenías que poner mucha atención porque parecía que no estaba moviendo la boca. Su rostro era totalmente inexpresivo. Como si ya hubiera hecho eso un millón de veces.

—¿Señor Porfirio Mondalla? —dijo la señora, y sonó como si destrozara su nombre.

—Aquí —dijo el señor Mondalla.

—¿Señorita Roberta Mancini?

—Aquí —dijo una señora a la derecha del señor Mondalla. Se tuvo que levantar de su asiento para acercarse al micrófono. Parecía la más joven de todos los miembros.

—¿Señor Gustavo Pérez?

—Aquí. —El señor Pérez tenía el bigote más épico que había visto. No sabía dónde acababa su nariz y empezaban sus labios.

—¿Señor Eric Anderson?

—Aquí.

—¿Señorita Samaya, eh, Crast, Cratanetty? —La señora que estaba pasando lista intentaba pronunciar *Crastanetty*.

—Aquí.

—¿Señor Ernesto Bustamante?

—Eh, aquí. Gracias.

—¿Señor Tomás García?

El comisionado García se inclinó hacia el micrófono. De pronto me sentí inquieto. No sabía dónde estábamos parados con el comisionado.

A continuación, el director leyó la agenda para la deliberación del día y los detalles legales de la propuesta.

—El desarrollador inmobiliario Wilfrido Pipo y Plaza Pipo presentaron una enmienda adicional concerniente a la propiedad localizada en el 426 de la Avenida Este y el medio acre adyacente, también propiedad de la ciudad…

Mi mente se dispersó mientras la voz del director Mondalla continuaba sonando. Era extraño escuchar cómo un lugar con recuerdos reales, donde gente real llevaba tantos años trabajando y comiendo, no era nada más que una dirección y una propiedad para los miembros del consejo. Si no había una conexión personal con el lugar, ¿cómo podíamos esperar ganar?

El director Mondalla pidió que se levantaran los que iban a hablar, para decir su juramento. Mi mamá me dio un empujón y murmuró:

—Levántate conmigo.

Se me aceleró el corazón. ¿Por qué mi mamá quería que me levantara? ¡De ninguna manera iba yo a hablar en el podio! Antes de que pudiera objetar, mi mamá me jaló hacia arriba y, de pie, los dos juramos ante el consejo que diríamos la verdad y toda la verdad ante los ojos de Dios.

En ese momento ni siquiera sabía si Dios me podía ayudar. Otros más se levantaron para jurar, entre ellos Annabelle, Dulce Domínguez, el señor Michaels, los padres de Eddy Strap, Chuchi, Enrique, la señorita Patterson y otras personas que no vi porque estaba muy nervioso. ¡Y tampoco ayudaba que la sala estuviera tan fría! Fácilmente estaba a diez grados menos que el departamento de la abuela.

El director Mondalla explicó que el consejo escucharía primero a los dos candidatos y luego a los miembros de la comunidad que habían jurado.

Ya que los ciudadanos del condado eligen a los miembros del consejo ciudadano, los miembros toman sus opiniones en consideración antes de votar. Vanessa me dijo que los miembros del consejo deben "representar los intereses de sus votantes". Creo que eso solo significa que, si la gente siente que los miembros del consejo no los representan, pueden votar para quitarlos en la siguiente elección. Así que tal vez sí importaba lo que dijéramos.

Mi mamá miró sus notas y luego el reloj más de una vez.

—¿Mamá?

—¿Sí? —contestó.

—No estás esperando que diga algo, ¿verdad?

—Shhh, ya está empezando.

El director Mondalla pasó la mirada por el recinto.

—¿Se encuentra el señor Pipo?

Wilfrido no había llegado todavía y me pregunté si iba a aparecer. Quizá estaba tan seguro de que iba a ganar que no sentía la necesidad de molestarse en llegar. Pero en ese momento se abrieron las puertas. Era Wilfrido.

—Ya llegué —dijo—. ¿Es mi turno?

Wilfrido recorrió el pasillo, saludando a todos con la mano mientras su asistente, Claudio, entregaba postales con la imagen de Plaza Pipo. Wilfrido tomó su asiento de frente a mi mamá y acomodó su saco de color intenso. Lentamente, se quitó los enormes lentes de sol.

—Ahora que ambos finalistas están aquí —comenzó el señor Mondalla—, escuchemos sus declaraciones iniciales en cuanto al desarrollo para uso público o privado del terreno propiedad de la ciudad. Llamamos a Wilfrido Pipo para que se dirija a esta sala.

Wilfrido tomó el podio y se aclaró la garganta unas veinte veces. Luego sonrió. Sus lentes descansaban sobre su montañoso cabello engominado, y la solapa de su saco estaba tan levantada que le llegaba hasta las mejillas y casi le cubría las orejas. Se arremangó el saco y empezó.

Era difícil leer a la gente. Algunos asentían ante lo que Wilfrido decía. Como los papás de Eddy Strap y, sorprendentemente, la señorita Minerva. Otros, como Chuchi y Estelle, se removían incómodos en sus asientos.

—Así pues —concluyó Wilfrido—, Plaza Pipo ofrece muchas formas de mejorar la comunidad y atraer dinero. Cuando tomen una decisión, que sea a favor de Plaza Pipo.

La gente aplaudió, incluyendo el comisionado García y el señor Bustamante. Pero no sé por qué. Parecía que Wilfrido intentaba actuar tranquilo, como si no quisiera verse desesperado, pero acabó pareciendo flojo. Me hundí en el asiento y crucé los brazos. En parte porque me estaba congelando en la sala y en parte porque me molestó que el comisionado García, de entre todos, aplaudiera un argumento tan ridículo.

Wilfrido caminó de vuelta a su asiento. Seguía mi mamá. Caminó tranquila hasta el podio. Acomodó sus notas y el sonido del papel hizo eco en la sala. Me latía muy rápido el corazón. Casi no podía escuchar otra cosa que no fuera ese *pum-pum* en mis oídos mientras mi mamá se aclaraba la garganta y argumentaba a favor de La Cocina por última vez.

25

mi destino azucarado

HASTA HOY ERA seguro decir que mi mamá no se sentía cómoda siendo el centro de atención. Realmente le costaba trabajo pararse frente otras personas. Siempre se sentía más cómoda en la cocina, inventando nuevas versiones de las recetas clásicas de la abuela. En ese espacio, flotaba veloz como un ave entre las estufas de gas, los hornos y los cuartos de refrigeración. Totalmente segura de sí misma. El área de las mesas era otra cosa completamente. Mi mamá siempre se había apoyado en el encanto de la abuela, pero ya no tenía esa opción. Ahora estaba totalmente a cargo, y creo que eso cambió algo en ella. Su voz resonó a través de las bocinas y llenó la sala.

—Después de un primer restaurante exitoso, llamado La Ventanita —comenzó—, Verónica y Arturo Zamora (primero) se mudaron aquí y construyeron un nuevo restaurante sobre la avenida principal. Por diecinueve años este restaurante creció junto con la gente de Canal Grove. En La Cocina de la Isla se han celebrado bodas, bar mitzvahs, fiestas de quince, primeras comuniones y navidades. Es un lugar adonde van las parejas para encontrarse en una cita y al que puedes también llevar a toda tu familia para una buena comida. Con la expansión hacia el terreno, planeamos añadir más mesas para ofrecer comida a muchos más de ustedes y también ampliaremos nuestro espacio para eventos. Esperamos tener conciertos de artistas locales en un nuevo escenario adaptado para el lugar.

—Plaza Pipo ofrecerá entretenimiento, no solo conciertos —soltó Wilfrido—. Un cine, un gimnasio, un spa, ¡un salón de cocteles en la azotea!

Chuchi se levantó y lo calló para que mi mamá pudiera continuar.

—La Cocina de la Isla le pertenece al vecindario. Al construir en el terreno, seremos un destino para más personas. Es una oportunidad para seguir sirviendo a la comunidad que amamos y para atraer turistas que quieran experimentar Miami más allá de South Beach. Si algo demostró esta semana pasada, es que somos tan relevantes como siempre.

—¡La gente quiere algo nuevo! ¡La gente quiere algo exclusivo! —interrumpió Wilfrido de nuevo—. La gente quiere una experiencia VIP, no solo decoraciones y recetas poco originales.

—¡Silencio! —gritó Enrique.

—Nuestro negocio ha mantenido sus ganancias durante años —dijo mi mamá—. Somos económicamente viables y les hemos devuelto esas ganancias de muchas maneras.

Es una cuestión de *comunidad*. Me gustaría que todas las personas en esta sala pensaran en qué clase de vecindario quieren vivir. Porque Wilfrido tiene razón. Su visión de Canal Grove es muy distinta y solo sería el principio. Gracias.

Hubo un aplauso, pero noté que ninguno de los miembros del consejo aplaudió como lo hicieron por Plaza Pipo. Mi mamá se sentó y yo le apreté la mano cuando el consejo pidió un receso.

—Después de esta pausa, el público tendrá la oportunidad de hablar a favor o en contra de ambos proyectos.

Todos salimos y nos quedamos alrededor de algunas bancas.

—¡Ese imbécil! Interrumpiéndote de esa manera. —La tía Tuti tomó la mano de mi mamá y la acarició—. Lo hiciste fabuloso, hermana. Nunca me he sentido tan orgullosa de ser una Zamora.

Mi mamá pareció completamente sorprendida por los halagos de la tía Tuti. Creo que no podía recordar la última vez que su hermana le había hecho un cumplido.

Vi a Carmen cerca de las puertas y fui a hablar con ella. Le pegunté qué pensaba de lo que había pasado y se quedó callada. Me imaginé que pensaba lo mismo que yo. El consejo aplaudió Plaza Pipo, pero la comunidad defendió a mi mamá cuando Wilfrido se pasó de la raya.

—Deberíamos hablar —dijo Carmen.

—Para nada —dije—. Yo tengo cero capacidad para hablar en público.

—No puede ser. Mira a tu mamá —dijo—. Debe haber algo de eso en ti.

Bajamos una escalera ancha y caminamos alrededor del

ayuntamiento, más allá de una vieja fuente con la estatua de uno de los fundadores de la ciudad. Estaba totalmente seca. Me asomé adentro y vi a alguien sentado.

Tarareaba y sorbía al mismo tiempo. Carmen y yo entramos en la fuente y rodeamos la estatua, detrás de la cual estaba sentado Claudio, el asistente de Wilfrido Pipo. Tenía las rodillas encogidas contra su pecho y comía un pastel. Se dio la vuelta cuando nos vio.

—¿Lo ven? —dijo Claudio mostrándonos un contenedor blanco—. Estoy comiendo pastel. ¡De tres leches!

—¿Qué tiene de malo el pastel de tres leches? —preguntó Carmen.

Claudio se metió a la boca hasta el último pedazo de pan remojado en leche azucarada.

—¿Qué tiene de malo? ¿Qué tiene de malo un pastel de *tres leches*?

Los dos asentimos.

—No he comido azúcar en dos años. Wilfrido es un controlador obsesivo. Les prohíbe a sus asistentes que suban siquiera una libra. ¿Saben cuánta azúcar hay en este pastel? *¿Lo saben*?

—¿Mucha? —pregunté.

—*Muchísima.* —Claudio sacudió la cabeza y murmuró algo.

—¿Qué pasó? —pregunté.

Claudio nos contó que Wilfrido lo acababa de despedir.

—¿Por qué?

—Porque no traje suficientes postales de Plaza Pipo y porque no lo defendí cuando la gente le dijo que se callara en la audiencia. Pero estaba interrumpiendo, ¿sí? ¡Era una grosería!

—Bueno, en realidad tienes razón —dije.

—¿En serio? —dijo, levantando la vista con un trozo de pastel colgando de la boca—. ¿Saben? Ojalá ganen ustedes.

Dejamos a Claudio saborear el recuerdo de su pastel bien ganado y regresamos a la sala.

—Esto va mucho más allá de nuestra familia —le dije a Carmen—. Se trata de qué es lo mejor para el vecindario.

—Deberías pararte ahí y decirlo —comentó Carmen.

—Pero, ¿me escucharán? —pregunté—. ¿Tú crees que les va a importar?

Carmen me atrajo hacia ella.

—Convéncelos —dijo.

Mi corazón latía con fuerza y me puse rojo de los nervios.

—¿Crees que pueda?

—Por supuesto —dijo.

No sabía qué significaba eso. No sabía qué tenía que sentir exactamente, dado que ella nunca había dicho que yo le gustara como tal. Tal vez me consideraba familia. Seguía estando muy seguro de que mi vida amorosa era un fracaso épico.

—Nunca te pedí perdón, ya sabes, por salir corriendo en el festival —dijo.

—Está bien —dije.

—Es que... nunca nadie me había dicho que le gusto.

—Me parece difícil de creer, Carmen.

—¡En serio! A lo mejor porque soy más alta que la mayoría de los niños, no sé, pero nadie me había dicho que le gustaba, así nada más.

—Bueno, yo nunca le había dicho a nadie "me gustas", así que fue la primera vez para los dos.

Carmen levantó la vista y me miró directo a los ojos.

Antes de que pudiera decirle que ojalá todavía pudiéramos ser amigos, se acercó y me besó. Fue un bang épico. Cerré los ojos y mis sentidos se intensificaron. Podía escuchar el murmullo silencioso de la calle, la gente caminando por el ayuntamiento. Podía percibir todo a mi alrededor, como si tuviera superpoderes o algo.

Carmen se hizo hacia atrás y me miró como si estuviera esperando una reacción, pero me quedé petrificado. No sabía qué hacer ni qué decir.

—¿Arturo?

—¿Ajá?

Salí de mi sorpresa.

—¿Estás bien? —preguntó.

—Ah, ¡sí! Totalmente. Genial —dije—. Vamos… entremos. ¡Voy a patear traseros!

Carmen se rio y ambos caminamos de regreso a la sala. Me senté junto a mi mamá otra vez. Luego me pasó algo loco. No sé por qué. Tal vez porque Carmen creía en mí… y bueno, ese estupendo beso. Quizá por la idea de que la abuela me estaba mirando. O por las cartas del abuelo, que hablaban de valor. No sé, pero decidí hablar frente a todo el vecindario.

26

el verso y el veredicto

—AHORA VAMOS A escuchar a la comunidad —dijo el director Mondalla.

Yo quería esperar el momento correcto para hablar y pensé que sería mejor esperar al final para tener la última palabra.

Varias personas hablaron de cómo Plaza Pipo le haría bien a la comunidad. El papá de Eddy Strap dijo que el supermercado tendría una perfecta localización. La señorita Minerva habló del gimnasio y lo fantásticos que serían los nuevos departamentos.

—Sería agradable llegar a casa después de estar con niños todo el día y tener amenidades como esas —dijo.

¡Ella era mi maestra de literatura de séptimo grado!

¿Cómo se atrevía?

Justo cuando pensé que nadie en la comunidad hablaría en nuestra defensa, escuché a Bill Bicicleta hablar desde atrás de la sala. No me había dado cuenta de que estaba allí.

—Hace como quince años, recuerdo que le pregunté a doña Verónica si podíamos celebrar en La Cocina mi aniversario de matrimonio número trece, pero dijo que no había espacio para tantas personas. Así que nos dejó usar el jardín en su complejo de departamentos. Solo pagamos la comida y el servicio. Incluso nos dejó quedarnos en uno de los departamentos para que no tuviéramos que manejar a casa. ¡Gratis! Ese fue el último aniversario que festejé con mi Shirley. Nunca lo olvidaré. —Hizo una pausa y su voz se tornó muy seria cuando siguió hablando—. Los Zamora son una familia generosa y un pilar de esta comunidad.

Era la primera vez que alguien de nosotros escuchaba a Bill Bicicleta hablar tanto. ¿Quién iba a decir que tuviera una conexión tan fuerte con la abuela y La Cocina? Hice una nota mental de darle la mano después del foro.

—Estoy de acuerdo —dijo Dulce Domínguez—. Doña Verónica fue a la casa de mi hija Stephanie cuando mi nieta tenía seis meses.

—Trajo una olla inmensa de lentejas —dijo Stephanie, cargando a una niña—. Doña Verónica me dijo que la sopa que ella preparaba iba a asegurar que mi hermosa bebé estuviera sana y fuerte. Sofía tiene tres años y no le ha dado ni un resfriado. Toco madera. ¡Su comida nos alimenta!

Lo que Stephanie había dicho era que la comida de la abuela, la comida de La Cocina, literalmente nutría a la comunidad. Escucharla me colmó el corazón.

—El señor Pipo dijo hace rato que Plaza Pipo era “exclusiva" y "VIP". ¿Podemos hablar de lo que eso significa?

—¡Era la tía Mirta! No la había visto antes. Creo que fue una de las personas que juraron para poder hablar, pero yo estaba tan nervioso que no miré a mi alrededor cuando juramos. ¡Seguramente tomó el primer vuelo desde DC y se vino directo del aeropuerto!

Su expresión era firme. Era muy alta y atrajo fácilmente la atención de la sala. Empezó a pasar hojas en su block amarillo y continuó:

—De acuerdo con mi investigación, Bienes Raíces Wilfrido Pipo, LLC ofrece tasas preferenciales a los residentes. Sin embargo, el ingreso promedio de los residentes de Canal Grove está muy por debajo de las tasas previstas para Plaza Pipo. Me gustaría que el señor Pipo explicara a qué se refiere cuando dice que Plaza Pipo *es para la comunidad*. ¿A qué comunidad se refiere?

—Anotado —dijo el director Mondalla, y escribió algo.

Hubo una pequeña conmoción cuando la gente empezó a murmurar. El director Mondalla pidió silencio.

Carmen me hizo señas para que me levantara. Claramente, ella también consideraba que podía aprovechar la inercia de ese momento. Pero la mamá de Eddy Strap me ganó y empezó a explicar cómo Plaza Pipo atraería *boutiques* de alta costura a la calle principal.

Pensé en el ahora antiguo asistente de Wilfrido, Claudio. A Wilfrido no le importaban ni él ni el vecindario. Solo se preocupaba por sí mismo y por su dinero.

—Última oportunidad para hablar —dijo el director Mondalla.

Ese era el momento. Una última oportunidad.

—Yo... Yo quiero decir algo —dije, enterrando las manos en lo más profundo de mis bolsillos. Uno de estos días en serio les voy a abrir un hueco.

Wilfrido me miró intensamente cuando volteé a ver a mi mamá, y sonreí.

—Adelante, joven —dijo el director Mondalla—. Di tu nombre, de dónde eres y lo que opinas de estos dos proyectos.

Respiré hondo y cerré los ojos. Apareció el rostro de la abuela en mi mente, rodeada de toda la familia, y luego los canales retorciéndose por todo el vecindario hasta llegar a La Cocina de la Isla.

Abrí los ojos y miré a los miembros del consejo.

—Me llamo Arturo Zamora —empecé— y vivo en Canal Grove, Miami. Quiero hablar a favor de La Cocina de la Isla y de su adorada dueña, mi abuela, Verónica Zamora.

Saqué una hoja de papel doblada que había estado cargando desde esa noche en el departamento de la abuela. La abrí y miré las palabras que había escrito.

—Eh, escribí esto cuando la abuela, eh... y yo, este, nunca se lo leí a nadie. No es muy bueno pero, eh, ya saben, creo que a ella le hubiera gustado que lo leyera. Se llama "Tuyo".

En el silencio

Eh...

Escucho una melodía.
En el océano,

Eh...

En el océano de soledad,
Navego

Ejem. Lo siento, esperen. Déjenme volver a empezar...

En el silencio escucho una melodía.
En el océano de soledad
Navego en un barco hasta la costa donde tú ya no estás.
En el calor de mil días de verano,
Me refugio bajo la sombra de las floribundas,
La frescura de una tierra que tú sembraste para todos.
Tú nutres y enseñas.
Tú nos das esperanza cuando ya no nos queda.
Tu viaje nos preparó para los viajes que nos esperan más allá.

—Gracias, abuela —dije en voz baja.

Doblé el poema y lo guardé en mi bolsillo, junto a la foto del abuelo vestido como José Martí.

Mi misión era dar un discurso que asegurara nuestra victoria. En cambio, lo que dije fue la elegía de la abuela. Y al final, era todo lo que importaba.

El director Mondalla y el resto de los miembros se juntaron para hablar. El comisionado García negó con la cabeza y luego asintió. La consejera Roberta Mancini dijo algo sobre la historia de Canal Grove y Ernesto Bustamante pareció estar de acuerdo, pero luego no. ¡Verlos era increíblemente estresante!

Después de veinte minutos, el director Mondalla tomó el micrófono.

—El consejo ha decidido deliberar más. Se pospone el veredicto hasta mañana.

Un "¡oh!" colectivo hizo eco en la sala.

Wilfrido aventó sus lentes de sol y se abrió paso sin voltearnos a ver. Echaba humo y se notaba por la forma de murmurar y morderse el labio que estaba intentando no explotar.

Mi mamá y yo nos encontramos con el resto de la familia afuera. Me dirigí a Bill Bicicleta y le di las gracias.

—Tu abuela era la mejor —dijo, subiéndose a su bicicleta y encendiendo su bocina. "La vida es un carnaval", de Celia Cruz, llenó el aire, y algunas personas empezaron a bailar mientras bajaban los escalones del ayuntamiento.

—Vamos al restaurante a comer —dijo mi mamá al resto de la familia.

Nuestros primos, a quienes llamábamos primos pero no lo eran, se habían encargado del restaurante todo el tiempo que estuvimos en la junta del consejo. Estoy seguro de que querían saber qué había pasado.

Caminamos hasta allá. Un inmenso letrero metálico que decía Plaza Pipo dejaba en sombras el terreno vacío junto a La Cocina. Sentí ganas de correr y tirarlo a patadas, dejar que se viniera abajo como el resto de los planes exclusivos de Wilfrido para mi vecindario. Pero, ¿cómo podía tirar un letrero de metal de ocho pies? La excavadora estaba estacionada ahora en el terreno. Bloqueaba la entrada al patio y mi mamá llamó a una grúa para que la quitaran.

—No tiene permiso para estar ahí —dijo mi mamá con una sonrisa inocente y ligeramente traviesa.

Los dos esperamos afuera a que llegara la grúa. Cuando apareció finalmente, el conductor intentó encadenar la excavadora a la grúa, pero no había suficiente espacio para que subiera a la plataforma.

—Voy a tener que echarme un poquito para atrás —dijo el hombre.

Mi mamá le hizo señas y yo también empecé a dirigir al chofer. Le indiqué que girara un poco, pero movió el volante tan rápido que torció el cable atado a la grúa. La cosa entera se movió hacia un costado y mi mamá y yo saltamos hacia atrás.

Cuando la grúa se asentó de nuevo, la parte de enfrente de la excavadora, que parece como si estuviera enseñando los dientes, golpeó contra el suelo. El golpe vibró por todo el estacionamiento y propagó su eco por toda la calle. La gente salió corriendo de sus tiendas para ver qué había pasado. Cuando me volví, el letrero de Wilfrido Pipo estaba en el suelo, partido a la mitad.

Dulce Domínguez cruzó la calle y aplaudió. El señor Michaels se veía espantado y preguntó si estábamos bien. Mi mamá tenía la expresión más feliz del mundo.

—Entre más grandes son —dijo, y pasó sus brazos alrededor de mi cintura—, más ruido hacen al caer.

El oficial Rogelio llegó en su patrulla.

—Claramente, este letrero es una amenaza —dijo, y prometió que le darían un citatorio a Wilfrido.

—¡El camión de la basura viene los lunes! —gritó la tía Tuti desde el patio—. La ciudad se lo va a llevar.

Todos entramos a comer. Como siempre, juntamos algunas mesas para formar una más larga en el centro del restaurante.

Me estaba sentando cuando Carmen pasó.

—Me voy a lavar las manos —dijo, dejando su bolso en la silla junto a mí.

Mi mamá se sentó a mi otro lado y me dio una *mirada*, como si supiera que había algo entre nosotros.

—Bueno, apruebo a su familia, eso está bien —dijo sonriendo.

—Eh… —dije, recordando que Carmen era la ahijada de mi mamá—. Pero no es *familia*.

—Por supuesto que es familia.

De pronto tuve un sabor amargo en la boca.

—Arturo, la familia no solo es de sangre. La familia son los amigos. La familia es la comunidad.

—No es un pariente pariente, ¿cierto? —pregunté.

Mi mamá se rio.

—No. No es un pariente pariente.

La amargura volvió a ser dulce. Gracias a Dios, porque eso hubiera sido muy, muy raro.

—Estoy muy orgullosa de ti —dijo, sirviéndose agua de menta en un vaso.

—Gracias —dije—. Oye, mamá…

—¿Sí?

—¿Y si Wilfrido gana mañana? ¿Y si todo el vecindario cambia?

—Las cosas ya cambiaron, Arturo —dijo mi mamá—. Simplemente seguiremos peleando para proteger nuestro espacio dentro de ese cambio. *Tú* me enseñaste eso.

Me tomó de la mano.

—Tienes el espíritu de la abuela —dijo.

Ay, ¿qué?

—Y el romanticismo del abuelo, señor Me Ruborizo Cada Vez Que Carmen Está Cerca. ¿Eh? ¿Eh?

Mi mamá me apretó la mano unas cuantas veces y me hizo una mueca. Ay, si ya sabía del beso era mejor lanzarme al océano.

—No tengo idea de qué estás hablando, mamá —fue todo lo que dije.

—Te amo, Arturo.

—Yo también te amo, mamá.

Había felicidad en sus ojos café.

Carmen volvió y el resto de la familia se empezó a servir de los platones que había por toda la mesa.

—¿Por qué no lees ese poema otra vez? —preguntó mi mamá, golpeando su vaso para llamar la atención de todos.

—Este, lo siento, mamá. Ni loco.

—Claro que sí —dijo—. Oigan todos, creo que sería hermoso que Arturo leyera el poema otra vez, ¿no creen?

Pero, ¿es que el único trabajo en la vida de mi madre era humillarme todo el tiempo? Ese poema era el resultado de una situación extremadamente emocional. ¡Era cosa de una vez nada más! No tenía ningún deseo de leerlo en público otra vez. Carmen se me quedó mirando y sonrió. Yo no era José Martí —no tenía su clase de magia—, pero si podía hacer que Carmen sonriera así, entonces podía recitar mi poema otra vez.

Todos chocaron sus vasos en señal de aprobación cuando terminé. Y Carmen susurró:

—Eso fue increíble.

Me preguntaba si alguna vez iba a poder estar cerca de ella sin que mi cuello empezara a hervir como una langosta en la olla.

El tío Frank agitó su teléfono muy emocionado.

—¡Arturo, creo que acabo de subir una frase de tu poema a nuestra página web!

—Déjame ver. —Carmen le quitó el teléfono a su papá y lo revisó—. ¡Lo hiciste, papá! Finalmente subiste algo tú solo.

El tío Frank sonrió triunfante.

—Soy oficialmente un experto en redes sociales. —Tomó su teléfono y admiró su publicación—. No hay comentarios todavía.

—Es porque lo acabas de subir hace tres segundos, papá.

Todos nos reímos viendo al tío Frank refrescando la página y esperando que entraran las respuestas.

Después de comer, la familia se dispersó mientras algunos de nosotros, como Martín y Mari, nos quedamos para preparar el servicio de la cena. Miré alrededor de La Cocina de la Isla. Sus coloridas columnas, la comida y los recuerdos eran mi segunda casa. Pensé en la abuela y en mi familia. En las calles arboladas y los canales que conformaban Canal Grove. Mi vecindario. *Había* cambiado. Pero ya no me preocupaba.

epílogo

UNAS CUANTAS SEMANAS después de la votación, Mop y Bren volvieron a casa. Nos vimos en el parque con Carmen y Vanessa. Bren trajo un balón de fútbol para lanzar pases, intentando impresionar a Vanessa, pero ella lo ignoró por completo. Vanessa había empacado un picnic para todos y sirvió un delicioso jugo de mango que compró en una nueva barra de jugos que acababa de abrir en lo que antes era la oficina de Wilfrido.

¿Pescaste eso? Wilfrido se fue. Después de escuchar a la comunidad, el consejo ciudadano votó y se aprobó un nuevo estatuto. No podía haber edificios de más de cierta altura. Plaza Pipo no encajaba en el vecindario. No supe a dónde se fue. Pero un día, la tía Tuti llegó histérica a la cena familiar porque descubrió que ¡Wilfrido estaba haciendo campaña para entrar al gobierno!

—¡Quiere ser comisionado! ¿Pueden creerlo? Ay, no. De ninguna manera. No puedo con esto. No. Puedo.

—No te pongas hist...

—¡No lo digas! —gritaron todos al unísono antes de que Brian pudiera terminar.

La idea de que Wilfrido Pipo se postulara como comisionado era ridícula y aterradora a la vez. Pero sin importar cuál fuera su plan, yo sabía que él no podía competir con mi familia.

Renovaron nuestro contrato y mi familia empezó a trabajar con una constructora para expandirse casi de inmediato. El tío Frank ayudó con la planeación. Mientras tanto, plantamos floribundas por todas partes. A la abuela le hubiera encantado eso.

Pero de vuelta al picnic. Vanessa, Carmen, Mop, Bren y yo comimos y jugamos póker apostando pastelitos. Bren sabía que a Vanessa le encantaban los pastelitos, así que seguía inclinando sus cartas para que ella las viera. Mop protestó porque es muy competitivo en los juegos de cartas.

—¡Hermano! ¡Deja de hacer trampa!

—¡Solo la estoy ayudando! —dijo Bren, y sonrió incómodo, lo que hizo que Vanessa subiera los ojos.

Carmen estaba sentada muy cerca de mí, y nuestras manos se rozaron un par de veces, así que me comí el sándwich muy, muy rápido. Eso sucedió como unas cuatro veces, así que para el último sándwich ya estaba tan lleno que tenía ganas de vomitar.

Quedaban unas cuantas semanas antes de que Carmen

y su papá volvieran a España. Era difícil no pensar en eso, pero Carmen me dijo que no quería pasarse los últimos días preocupada.

—Como dice tu poema, el viaje nos prepara "para los viajes que nos esperan más allá".

La primera publicación del tío Frank acabó recibiendo una tonelada de comentarios y *likes*. Decidió subir mi poema completo en la página de inicio, lo que fue muy bueno. Y el hecho de que Carmen citara *mi* poema era épico a otro nivel.

Ah, ¡y me promovieron a asistente junior de cocinero de preparación de alimentos fríos! Martín seguía siendo mi jefe, pero ya no era tan malo trabajar para él. Seguía pegándome en el brazo cada vez que no añadía suficiente vinagreta a una ensalada, o una vez que no serví suficiente ceviche en un plato. Dijo que lo hacía para que estuviera alerta en mi turno, pero en realidad creo que solo le gustaba pegarme en el brazo con cualquier pretexto.

Ah, ¿y las cartas que me dejó el abuelo? Bueno, seguí llenando las hojas en blanco. Era mi manera de hablar con mis abuelos.

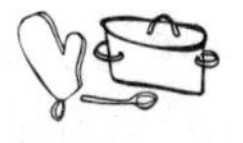

Entonces, lo que pasó fue que la vida *cambió* un montón. La abuela ya no estaba y dejó un hueco enorme. Pero también unimos a la comunidad. Podías sentirlo. Todos éramos mucho más cercanos que antes de que Wilfrido quisiera separarnos. Y mi mamá decidió tomarse más días libres. Ahora mis papás salían juntos como dos o tres veces a la semana. De vez en cuando escuchaba a mi mamá riéndose juguetona por el pasillo y, tengo que ser honesto, era un poco vergonzoso.

A Vanessa la aceptaron en la Cumbre de Líderes Jóvenes, en Washington, DC, y dijo que su primera labor iba a ser cambiar el diseño del logo de la organización porque era ofensivo para los pueblos indígenas.

Después de una cena familiar un domingo, cuando todos ya se habían ido y solo quedábamos mi mamá, Carmen y yo para cerrar, miré la urna de la abuela. Carmen se quedó parada junto a mí, esperando que mi mamá terminara en la cocina.

Siguió mi mirada y dijo:

—Nunca he entendido por qué exhibimos las cenizas de los muertos de esta manera.

—Está atrapada —dije—. Es triste cuando piensas en lo mucho que le gustaba ir a la playa y estar en su jardín.

Me di cuenta de que mi mamá estaba parada detrás de nosotros. Rogué que no me hubiera oído decir eso.

—Tienes razón, Arturo. Y tengo una idea.

Mi mamá tomó las urnas de la abuela y el abuelo, y nos pidió que la siguiéramos afuera. Caminamos por la calle hacia los canales. Nos detuvimos en una vieja estructura que probablemente había sido una especie de torre, recordatorio del pasado arquitectónico español de Canal Grove. Mi mamá me entregó la urna de la abuela y ella sostuvo la del abuelo.

—¿Estás segura, mamá? —pregunté.

—Los dos deberían fluir a través de este pueblo y salir al mar donde quizá regresen a la isla en la que nacieron.

—Guau, eso fue muy profundo, mamá.

Sonrió y me guiñó un ojo.

—No eres el único poeta que anda por aquí.

Abrimos las urnas y liberamos a los abuelos en el canal.

—Ahí es donde tienen que estar —dije.

Mi mamá asintió y Carmen sonrió. Las cenizas de mis abuelos se movían corriente abajo, dando un giro y otro en los múltiples canales que recorren nuestro hermoso vecindario.

El rincón de las recetas de Pablo Cartaya

NOTA: Jóvenes, ustedes son cocineros magníficos, pero por favor asegúrense de tener la supervisión de un adulto en todo momento: una abuela, un tío, una tía, un primo, un primo al que llaman primo pero que en realidad no lo es, un amigo de la familia. Se trata de la familia después de todo, y la comida sabe mejor cuando se prepara en compañía de otros. :)

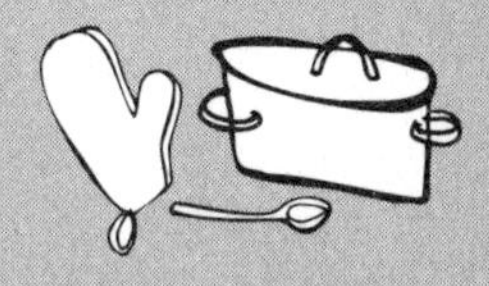

Tortilla española

Dificultad: fácil a media
Tiempo total: 45 minutos
Rinde: 4-6 porciones

Me enseñó a prepararla un chef español en Madrid que olía perpetuamente a cebolla asada. No importaba si traía puesta su bata de chef o ropa de calle. Pero tengo que admitir que no me importaba mucho. No hay nada como el aroma de las cebollas chisporroteando en aceite de oliva extra virgen.

Se trata de una tortilla española básica. No es nada elaborado, pero sí es uno de los platillos más ricos que existen. Parece que tarda horas en prepararse, pero de hecho no es tanto tiempo. Solo hay una parte difícil, pero con un poco de práctica la dominarás. Empecemos:

Ingredientes

3 patatas* russet o Idaho
1 cebolla
5 huevos
Aceite de oliva extra virgen
Sal de mar

*Debes llamarlas "patatas", como los españoles, o se van a ofender. En serio, las papas son muy exigentes con eso. Dilo conmigo: *Pa. Ta. Ta.* ¡Bravo! Ahora, cuando las peles, asegúrate de quitar también cualquier parte que esté golpeada.

Instrucciones

1. Después de pelar las patatas (recuerda, ¡sin partes oscuras!), pícalas en cuartos para que parezcan cubos imperfectos. Resérvalas en un tazón.
2. Corta la cebolla a la mitad y quita la piel. Pícala en cubos (lo que quiere decir, corta las mitades de la cebolla en líneas muy delgadas horizontalmente y luego córtalas verticalmente). Reserva la cebolla en otro tazón.
3. Calienta el aceite de oliva en una sartén sobre fuego medio-alto. Cuando esté caliente (4-5 minutos, aproximadamente), añade a la sartén las… ¿Cómo les decimos? ¡Patatas! Eres bueno en esto. NOTA: Por favor, ten cuidado al echar las patatas en el aceite caliente. Hazlo poco a poco para evitar que salpique. (Te lo dije, las patatas son temperamentales).
4. Agrega la cebolla a las patatas y revuelve. El aceite de oliva tiene que cubrir bien todo. Echa dos pizcas generosas de sal. Revuelve de nuevo para que la sal llegue a todos los trozos de patata y cebolla. Baja la flama y revuelve de vez en cuando durante 25 minutos para asegurarte de que todo se cueza uniformemente.
5. Rompe los huevos en un tazón grande y bátelos hasta que las claras y las yemas estén bien incorporadas. Agrega otra pizca de sal y sigue batiendo.
6. La cebolla y las patatas ya deben estar suaves. Si puedes meter un tenedor en una patata fácilmente, están listas. Usa una cuchara grande de cocina y, con cuidado, pasa el contenido de la sartén al tazón grande donde batiste los huevos (aceite y todo). Revuelve

hasta que las patatas y la cebolla estén completamente cubiertas de huevo.

7. Pasa la mezcla a la sartén. No agregues más aceite de oliva. Deja que se cueza en la sartén a fuego bajo por 5 minutos aproximadamente. Con una espátula, revisa la mezcla por abajo para asegurarte de que se esté cocinando bien y no se esté deshaciendo. Revisa periódicamente hasta que los huevos estén completamente cocidos en las orillas y medio cocidos en el centro. La tortilla debe moverse con facilidad por la sartén cuando la mueves con la espátula. Esto sucede después de unos 5 minutos.
8. Aquí viene lo difícil: Después de revisar que la mezcla de huevo esté cocida (después de 5 minutos), tapa la sartén con un plato grande. Asegúrate de que tiencs algún apoyo para tu muñeca y algo con qué protegerte para que no te quemes (como un trapo de cocina o un guante). Sostén firmemente el plato por el centro con una mano y voltea la sartén con la otra. Te quedarás con la tortilla recién volteada en el plato (como un mesero cargando una charola).
9. Devuelve la sartén en la estufa y desliza la tortilla (así como la tienes en el plato) hacia la sartén. Déjala cocinarse otros 5 minutos y luego repite la vuelta en un plato limpio solo una vez más.* ¿Listo? Uno. Dos. ¡Patata!†
10. Deja enfriar la tortilla aproximadamente 10 minutos y disfruta.

*Si la transferencia no se dio muy bien, no te preocupes. Moldea la mezcla con una espátula y hornéala a 350°

hasta que esté firme y bien cocida. Luego sácala del horno y déjala enfriar. La próxima vez sí vas a poder.

†Definitivamente tienes que gritar "¡PATATA!" si logras voltearla con el plato. Es como el "eureka" de la tortilla española en la cocina. Puedes comerla caliente o dejar que se enfríe. De cualquier manera, este platillo es delicioso en el desayuno, el almuerzo o la cena. (Córtala en cubos y coloca un palillo en cada uno. ¡A tus invitados les encantará! Solo no les digas tu palabra secreta).

Fricasé de pollo

Dificultad: media a difícil
Tiempo total: 1 hora, aproximadamente
Rinde: 4-6 porciones

Es una de las especialidades de mi mamá. (No le vayas a decir que te estoy contando este secreto de familia. En serio, va a estallar como una supernova si se entera).

El aroma del sofrito, el ajo y las hierbas flotando desde la cocina me recuerda mi hogar, y de eso se trata *El épico fracaso de Arturo Zamora*: de sentir que estás en casa. Aprendí a prepararlo cuando mis hijos me rogaron que cocinara el platillo de pollo y salsa de tomate que prepara mi mamá. Ella estaba de viaje, así que la llamé y le pedí la receta. Me dio la versión clásica y luego, como Cari en mi libro, yo le di mi toque añadiendo arroz de coliflor y usando ingredientes orgánicos para el pollo y la base de tomate. Tiene un tono más moderno, pero conserva la integridad del platillo original. Aquí va...

Primero lo primero: crea una lista de canciones (*playlist*) que te ponga de humor para cocinar. Sugiero Celia Cruz, Benny Moré o Tito Puente. A fuerza debes mover por lo menos una o dos veces la cadera a ritmo de rumba antes de empezar. El fricasé quedará arruinado si no lo haces.

Ingredientes

3-4 libras de pollo, cortado en trozos para servir*

*Yo prefiero pollo orgánico, pero no es obligatorio. Mi mami usa pollo normal. Ella me llama "el señor orgánico que nunca comió nada orgánico de niño y ahora de pronto quiere comer todo orgánico". Por lo general lo compro sin piel, o se la quito, pero mi mamá la deja. Prepararlo con piel es más tradicional. Quitarle la piel hace que los jugos y la marinada penetren la carne. Lo que tú decidas. Ambas versiones son deliciosas.

Para la marinada

1 cucharadita de sal
½ cucharadita de pimienta, recién molida
1 cucharadita de comino molido
1 cucharadita de orégano seco
1 cucharadita de pimentón ahumado
1 hoja de laurel
6 dientes de ajo, machacados en un mortero para formar una pasta, o picados finamente
¼ de taza de jugo de limón verde, fresco
¼ de taza de jugo de limón amarillo, fresco
½ taza de jugo de naranja, fresco
1 cucharada de aceite de oliva

Para la salsa (sofrito)

3 cucharadas de aceite de oliva
1 cebolla amarilla mediana, picada finamente
1 pimiento morrón verde, sin tallo, sin semillas, desvenado y picado finamente
6 dientes de ajo picados finamente
¼ de cucharadita de pimentón ahumado
½ cucharadita de comino molido

½ cucharadita de orégano seco

1 lata grande de salsa de tomates asados, molidos*

1 cucharada de pasta de tomate

¾ de taza de vino blanco seco

⅓ de taza de alcaparrado marca Goya†

2 hojas de laurel‡

7-8 papas russet pequeñas, peladas y cortadas en cuartos

*De nuevo, yo prefiero orgánico. Y aquí es donde mi mami pone los ojos en blanco.

†Es un frasco de aceitunas manzanilla, pimientos y alcaparras que puedes encontrar en la mayoría de las secciones de productos Goya de tu supermercado local. Es el ingrediente clave de todo el platillo, así que no lo excluyas.

‡Este ingrediente es importantísimo porque las hojas de laurel unen todos los demás sabores ligeramente salados y penetrantes en una mezcla muy agradable.

Instrucciones

1. Empieza marinando el pollo. Acomoda las piezas en un tazón grande. Unta el pollo con sal, pimienta, comino, orégano y pimentón. En un tazón pequeño, mezcla el ajo y el laurel con los jugos cítricos y el aceite de oliva. Viértelo encima del pollo y revuelve bien. Cubre el tazón con plástico adherente y refrigéralo por una hora al menos.
2. Para cocinar el pollo, calienta el aceite de oliva a fuego medio en una olla holandesa o una cazuela

grande, hasta que empiece a formar ondas. Saca el pollo del tazón con la marinada, quita el laurel y deséchalo, y reserva la marinada aparte. Trabaja en partes para no retacar la olla: dora el pollo por todos lados durante 10 minutos. Aparta el pollo y reserva.

3. En la misma olla, sin añadir más aceite, saltea la cebolla y el pimiento verde por 4 minutos, hasta que la cebolla se transparente. Agrega el ajo, el pimentón, el comino y el orégano, y cocínalos por 2 o 3 minutos. Integra la salsa de tomate y la pasta de tomate, y revuelve bien. Añade la marinada reservada y el vino blanco, y cocina todo por otros 5 minutos, moviendo constantemente. Agrega el alcaparrado. Regresa el pollo a la olla. Añade las papas. Espera a que hierva, baja la flama y permite que siga hirviendo a fuego bajo durante 25 o 30 minutos, hasta que el pollo y las papas estén totalmente cocidas y puedas pincharlas fácilmente con un tenedor. Si la salsa está muy aguada para cuando el pollo esté cocido, destapa la olla, sube la flama y déjalo hervir hasta que la salsa se espese. Sirve con arroz blanco.

Un comentario sobre el arroz blanco. Si evitas comer arroz y otros almidones, puedes sustituirlo por arroz de coliflor (aquí es donde mi mamá se da una palmada en la frente y se aleja asqueada). Pero si consumes arroz blanco te recomiendo usar una buena mantequilla, como Kerrygold, y añadir alrededor de ¼ de cucharada al arroz mientras se cuece. También añade sal y un chorrito de aceite de oliva. Tu arroz será de otro nivel. :)

¡Disfruta! ¡Cuéntame qué tal te queda!

nota del autor

José Julián Martí y Pérez (28 de enero de 1853 – 19 de mayo de 1895), mejor conocido como José Martí, fue un líder del movimiento de independencia de Cuba y un renombrado poeta y escritor, tanto en inglés como en español. Martí dedicó su vida a independizar Cuba de España, y creía firmemente en los principios de libertad, tolerancia y amor. Creó una revista para niños muy popular (una de las primeras de su clase en Estados Unidos), llamada *La edad de oro.* Contenía muchas historias entretenidas, así como poemas que hablaban de la niñez como la esperanza del futuro.

Su obra más conocida es la colección de poemas para adultos titulada *Versos sencillos.* Varios de los versos de su colección se musicalizaron en una canción llamada "Guantanamera", una de las más famosas de Cuba. Un compositor español llamado Julián Orbón es responsable de la adaptación musical. Era un adolescente que vivía en Cuba en los años cuarenta cuando se le ocurrió la idea de combinar las palabras de Martí con una melodía popular del país. El famoso cantante de folk Pete Seeger convirtió la versión de Orbón en una sensación a nivel mundial.

En *Versos sencillos*, Martí describe su admiración por la naturaleza, su amor por Cuba, la importancia de la amistad y sus sentimientos sobre la injusticia. Sus poemas reflejan experiencias muy personales, y el libro contiene muchos de sus más conocidos poemas. Es la razón por la que quise que Arturo se valiera de la poesía y del olvidado arte de la epístola para ayudar a desentrañar sus emociones. La primera carta que el abuelo escribe a Arturo contiene un fragmento de una carta de Martí:

> ¡Amor es que dos espíritus se conozcan, se acaricien, se confundan, se ayuden a levantarse de la tierra [...]. Nace en dos con el regocijo de mirarse, alienta con la necesidad de verse! ¡Concluye con la imposibilidad de desunirse! No es torrente, es arroyo; no es hoguera, es llama; no es ímpetu, es paz.

agradecimientos

Mi familia hizo posible este libro. Mi maravillosa familia política en Viking, encabezada por el magnífico Ken Wright, y todo el grupo de Penguin Random House (sí, todos ustedes), particularmente la incomparable Joanna Cárdenas, mi editora y superninja omnipresente. Mi familia en Foundry Literary + Media, y mi agente, pero sobre todo amiga, Jess Regel, son cuando menos increíbles.

A los mentores, amigos, colegas y lugares que, de una forma u otra, ayudaron a moldear esta historia regalándome un sentido de hogar, entre ellos: Kathi Appelt, Matt de la Peña, Shelley Tanaka, Joe McGee, Jessica Rinker, Lisa Papademetriou, los Allies in Wonderland, Lou McMillian, chef Cindy Hutson, el restaurante Ortanique on the Mile, la ciudad de Coral Gables, la ciudad de Miami, Deborah

Briggs, The Betsy Hotel en South Beach, el espíritu de Hyam Plutzik y muchos nombres y lugares más que influyeron en esto y han tocado mi vida. Gracias.

A mi familia inmediata… Es grande, así que prepárense: A mi madre, que cuando yo tenía diecinueve años me dijo que iba a escribir para niños y jóvenes. Tenías razón, mami. En eso y muchas cosas más. Te amo. A mi padre; a mis hermanos, Danny y Guillo; a mis cuñadas, Damary y Kiany; a la tía Tati y Yoli; a mis primos y a los primos que llamo primos, pero no lo son. A mi familia política, Cindy, John, Tom, su pareja Joan, mis hermanas pequeñas, Pam y Molly… Son #lamejorfamilia. Y a mis abuelos, cuya presencia nos rodea a todos. Entre las alegrías, las lágrimas, los momentos de enojo y frustración, las diferencias de opiniones, las discusiones, los abrazos, los aplausos y las épicas fiestas juntos, no podría pedir más que esta familia. No estamos locos… somos pintorescos. :)

A mis hijos, Penélope y Leonardo. No solo son grandes hijos, sino seres humanos maravillosos. Y finalmente, a mi favorita, hoy y siempre: Rebecca… El viaje empieza y termina contigo.